oniichan no hatsutaiken

お兄ちゃんの初体験

　少し体を起こして、春日井の顔を両手でそっと包み込むと、それを合図としたように深い口付けが降ってくる。

お兄《にい》ちゃんの初《はつ》体《たい》験《けん》

石原《いしはら》ひな子《こ》
ILLUSTRATION：北沢《きたざわ》きょう

お兄ちゃんの初体験

LYNX ROMANCE

CONTENTS

お兄ちゃんの初体験

小学二年生の弟、冬真《とうま》を学校に送り出し、年中組の妹の小春《こはる》を幼稚園に連れていく。慌《あわ》ただしい朝の時間帯が過ぎてから、竹内秋人《たけうちあきひと》は喫茶店の扉にかけてあるプレートをオープンの文字のほうへとひっくり返した。

父が経営していたときから使われているそれは古臭いともくたびれているとも言えるのだが、味わいがあって気に入っている。

客がドアを開け閉めするたびにカランコロンと鳴る落ち着いた鐘《かね》の音は、竹内にとって生活の一部だ。竹内が生まれてから二十五年、父がこの喫茶店を始めたのもそのぐらいだ。四半世紀の間、変わらない音色《ねいろ》を奏《かな》で続けている。

冬真と小春の世話があるため、喫茶店は現在モーニングをお休みしており、開店は九時頃だ。

プレートと同様に、店の中も年季が入っている。分厚くどっしりとしたカウンター席は五つと、一人では移動不可能な重さの一枚板の四人掛けのテーブル席が三つ。ちょっとした傷や表面のでこぼこなど、使い込まれた質感が好きだ。

幼い弟妹を抱えて一人で切り盛りするには、このぐらいの規模と時間がちょうどいい。

お店を開けるとすぐに、近所の顔見知りの人たちが集まってくる。幼い頃から顔見知りの老人たちにはそれぞれに好きな席があって、空いていれば皆だいたい定位置に座る。

商店街の会長の高橋《たかはし》は、カウンターの一番奥の端の席が定位置で、内側で作業をする竹内と話をする。町会のお知らせだったり、今朝の出来事だったり、他愛もない世間話だ。

「秋ちゃんが淹《い》れるコーヒーはうまいよ」

コーヒーをひと口飲んだあと、高橋は必ずそう言ってくれる。

もういい大人だし、秋ちゃんと呼ばれるのは少し気恥ずかしいけれど、彼らにとって竹内はいつまでたっても子供のままらしい。

「ありがとう。高橋さんにそう言ってもらえると安心するよ」

東京の下町には古くから住んでいる人がほとんどで、皆顔見知りだ。竹内の店は私鉄の駅の近くにある商店街に属しているため、付き合いはより濃厚だ。近所の神社で神輿《みこし》が出れば手伝いに駆《か》り出されるし、会議と称した飲み会にもしょっちゅう呼ばれる。

「ずっと変わらねえな。先代の味を守って、えらいよ秋ちゃんは。困ったことがあったらいつでも相談に乗るからな。遠慮なんかすんじゃねえぞ」

これも、毎回言われる。

いつも同じ話をするからうんざりする、という人もいるだろう。けれど竹内はほっとする。

客はお年寄りが多いので、毎日来ていた人が急に来なくなったり、普段言わないような愚痴《ぐち》を漏《も》らしたりしたら心配になってしまう。毎日同じ顔ぶれで、それぞれ同じ会話ができるということは、病気やトラブルなどが起きていない証明なのだ。

両親を亡くした竹内にとって商店街の皆は家族のような存在だ。彼らが元気でいてくれるのが、竹内にはなによりうれしかった。

ランチタイムが過ぎて客が少なくなるのが午後一時半頃。そこから弟妹が帰ってくるまでの間に、竹内は家事の一部を済ませる。

「ちょっとだけ上にいってくるね。五分ぐらい大丈夫？」

竹内はテーブル席に座っていた女性に声をかけた。

竹内が生まれて病院から帰ってきたその日からの付き合いのため、顔見知りのお年寄りたちには自分の身内の感覚で話してしまう。敬語を使うと「なに他人行儀な言葉づかいをしちゃって」と言われるぐらいだ。

「あいよ。秋ちゃんは働き者だね」

この時間帯に竹内が洗濯物を取りにいくのを、常連客のお年寄りたちは知っている。そしてそれが許されるのも下町の良さなのかもしれない。

温かい人たちに囲まれて育った竹内は、この町が大好きだ。

すべきことを終えた竹内は、カウンターの内側で丸椅子に腰を下ろし、レジの横に掛けてあるカレンダーに目をやる。

新学年を迎え、新しくなった持ち物に名前を書いたり新教材の申し込みをしたりなどばたばたしていたが、一週間もすれば生活も落ち着きを取り戻した。

しかし次から次へとイベントはやってくる。保護者会は何日だったっけ。遠足の日は？　今日は小学校、明日は幼稚園、と代わる代わる訪れる行事の存在を思い出し、竹内はカレンダーとにらめっこする。

そうこうしているうちに、小春が帰ってくる時間が近づいてくる。日中は息をつく暇《ひま》がない。

おやつの用意をしておくか。

竹内は立ち上がった。

小春の幼稚園のお迎えは、同じ園に通っている近所の保護者がしてくれている。竹内家の事情を知っている商店街の人たちや顔なじみの客、小学校幼稚園の保護者たちがなにかと竹内を手助けしてくれるのだ。

最初は遠慮していたものの、無理をして体を壊したら大変だと言われ、今では善意に甘えさせてもらっている。

竹内が壁の時計に目をやったとほぼ同時に店のドアが開いた。

「いらっしゃいませ」

不意打ちでカランコロンと鐘の音がすると、ついそのせりふが出てしまう。入ってきたのが冬真や小春だった場合には、二人して、ころころとかわいい声で竹内を笑うのだ。

竹内は半分ぐらい小春だろうと思いながら扉のほうに顔を向けた。しかし春の強めの日差しを背に立っていたのは、一人の男性だった。

どうやら客のようだ。

「お好きなお席にどうぞ」

にらまれたように感じてしまいそうな鋭《するど》い眼光、筋の通った高い鼻。印象的な顔立ちだ。

竹内は成人男子の平均身長だし、中学高校の部活も楽しく体を動かす程度で本格的に鍛《きた》えていたわけでもないのでぺらっとした体つきだ。そんな細身の竹内と比べると、男性は二十センチ以上高いだろう。三十代前半から半《なか》ばぐらいだろうか。完成された男の体だ。

袖《そで》からちらりと見える時計は高級そうだし、ビジネスバッグや靴《くつ》もくたびれていない。年齢相応の、それなりの地位を築いているだろう身なりをしている。

ビジネススーツを着る機会がほとんどない竹内は、何十万のスーツも量販店の安いのでも同じだと思っていた。しかし今後その考えは捨てよう。体にぴったりと合っていて竹内にも上質だとわかる仕立てのスーツを着ている男性は、体格だけではなく、彼をとりまく空気までもがかっこよかった。

駅前商店街なので、もちろんふらりと立ち寄る人もいる。しかしこれほどまでに強烈で、竹内の目に鮮《あざ》やかに焼きつけられた客は初めてだった。

男性は店の中をゆっくり見回してから、出入り口のドアの正面、カウンターの端に腰を下ろす。大

股で、けれど静かな歩き方も、都会の洗練されたビジネスマンといった雰囲気だ。この場所に溶け込めていない。

「ブレンドをください」

男性は、見た目から想像したとおりの低い声で言った。

「はい。少々お待ちください」

いつもオーダーを受けてから豆を挽《ひ》き、父のやり方どおりにコーヒーを淹れる。父の時代からの常連客たちにお墨付きをもらっている自慢の味だ。

例外もあるけれど、ふらりと訪れるビジネスマンの多くはあまりゆっくりしていかない。食事中もコーヒーを飲んでいるときも眉根を寄せて新聞や携帯端末を凝視している。今日初めてやってきた男性も例に漏れず、端末を取り出しなにやら操作していた。

竹内がコーヒーを提供したら、男性は端末をテーブルに置いた。

竹内は男性のいる場所から離れ、グラスを磨《みが》くなどして、男性がゆっくりできるように配慮する。カップを口元に持っていった男性は、香りを確かめるべく、大きく呼吸をしたように見えた。それから、ゆっくりとカップに口をつける。

コーヒーといっても味は千差万別。酸味が強いのは苦手とか、重すぎずさらっとした味わいが好きとか、ふんわりとした甘い香りが好きとか、人の好みは様々だ。

小さな店だが専門店にひけを取らない程度の豆をメニューに用意してある。ブレンドの味と香りは父との思い出でもあり、竹内は父の味と香りで育っているのだ。

そんな思い入れがあるためか、コーヒーを飲む人の表情を、竹内はつい見てしまう。気に入ってもらえるだろうか、というドキドキ感は心臓に悪いが、気に入ってもらえたと確信できる表情を見せてもらえたときのよろこびはどんなプレゼントにも代えがたい。

さてカウンターの男性の反応はどうだったかというと、表情に変化がなく、竹内はいまいちわからなかった。けれどすぐにカップをソーサーに置かなかったから、まずまずといったところだろうか。

ランチタイムが終わった今頃の時間帯は、客が少なくなるので店内のＢＧＭがはっきり聞こえるぐらいに静かだ。

昼頃までは常連客でにぎやかだし、夕方以降は、客がいなければ弟妹は奥のテーブル席で宿題をしたり漫画を読んだり、竹内の手伝いをしてくれたりもする。お年寄りたちが話し相手になってくれたり勉強を見てくれたりもするので、寂しい思いをさせずにいられてとても助かっている。そして閉店間際には仕事帰りの竹内の友達がやって来て、夕食を食べていったりもする。

お年寄りたちの社交場だったり、ビジネスマンの息抜きの場であったり、いろいろな人たちが集まってきて各々好きなように過ごせる空間を、竹内はずっと守っていきたい。

「静かな街ですね」

カップを置いた男性が、ふと竹内に話しかけてきた。

初めて来た店で世間話をしてくる客は少ない。あるとすれば多くがなにかの営業だが、そういった飛び込みの気負いのようなものだったり探りを入れてきたりといった空気を男性からは感じない。

少しの驚きを覚えつつも、単純に話をするのが好きな人なのかもしれない、と思い竹内も口を開いた。

「そうですね。二十三区内の中では静かなほうかもしれません。小学校なんかも全学年一クラスなんですよ。学年によってはひとクラス三十人いなかったりもしますし。区によっては小学校の増設をしているところもあるのに」

「子育て世代が大勢転入してくる土地には、それなりの理由があるんでしょう」

「街並みがきれいだったり、子育ての手当が手厚かったり、といった理由でしょうかね。この辺りは一部区画整理で引っ越しを余儀《よぎ》なくされてしまった方もいらっしゃるけど、基本的には昔のままの街並みですからね。僕はこういう雰囲気が好きなんですけど。最近は空き家になってしまった家も多くて」

竹内が生まれ育った土地は、四代も五代も前から住んでいる人たちが多い。いわゆる東京の下町だ。昔ながらの家はこぢんまりとして狭《せま》く、建物自体も古い場合が多い。さらに家と家が密集しており、自動車が入って来られない小道がたくさんある。

地元に残る人間もいるけれど、竹内のような若い世代の多くは結婚と同時に余所《よそ》の土地に移ってしまった者たちがほとんどだ。都心だし通勤にも便利なはずなのに、転入してくる人が少ないのだ。

「そうですね。俺もこういう下町の空気は好きですよ」

余所から来た人に「好きだ」とほめられて、なんだかうれしい気持ちになる。

「秋ちゃん、お会計お願いね」

テーブル席に座っていた女性が、竹内に声をかけてきた。

「あ、遠藤《えんどう》さん、座ってて。そっちに行くから」

「悪いねぇ。最近腰もひざも痛くて嫌んなっちゃうよ」

竹内は彼女の席で会計をして、荷物を持って見送る。

「遠藤さん、荷物重いね」

買い物バッグは竹内にしてみればそれほどの重さではないけれど、背中の丸まった小さな体では、持ち運びが大変に違いない。

「そうなんだよ。お米を買ったんだ。配達してもらってもよかったんだけど、ちょっとだから自分で持って帰ったほうが早いから。週末に孫たちが遊びにくるし、お菓子なんかもついいっぱい買っちまったよ」

「お孫さん遊びにくるんだ。よかったね。楽しそうだ。前に会ったときはまだハイハイぐらいの時期だったかな。もう歩けるようになった？」

「ちょこまか歩き回ってるよ。ちょっと目を離したらすぐどっかいっちまって危ないったらありゃしない」

「元気な子なんだね。時間があったら連れてきてね。お米は家まで運んであげるよ」

「いいんだよ、これぐらい持ってけるよ」

「遠慮しないで。いつまでもちっちゃい秋ちゃんじゃないんだよ」

「あらそうかい。それならお願いしようかね。悪いね」

小さい頃は彼女に面倒を見てもらったこともあるのだ。お互いさまだ。

竹内はドアを開け、彼女を通してからカウンターの男性に言った。

「すみません。ちょっとだけ店空けてしまいますが、よろしいですか？　すぐ戻りますので。お急ぎのようでしたら……」

「いや、俺はかまわないが……」

男性は目を見開き竹内を見ている。

竹内はついいつもの調子で送ってあげると言ってしまった。しかし男性とは話の途中だったし、客を残していくのは失礼だったかもしれない。

男性の動揺した様子を見て竹内は悟ったが、持っていってあげると言った手前、こちらも断りづらい空気だ。しかも彼女はすでに店の外で竹内を待っている。

「あ……っと、もし僕が戻ってくる前に帰るようでしたら、お代はテーブルに置いておいてください。すみません」

「ああ、急いでいるわけではないから……」

男性は呆気《あっけ》に取られた顔で竹内を送り出してくれた。

竹内はもう一度「すみません」と頭を下げて店の外に出た。

数分後に竹内が店に戻ってきたときには、男性の姿はもうなかった。カウンターの上にはコーヒーの代金が置いてあったので、帰ってしまったらしい。

きっとタッチの差だったのだろう。

「急いでないって言ってたけど、結局帰っちゃったんだな。バリバリ働いてそうな雰囲気だし、忙しいんだろうなぁ。分刻みで行動してそう」

竹内はカウンターを片づけながら独り言をつぶやいた。

都民とはいえ、地元から出る機会がほとんどない竹内にとっては、東京の中心部で働いていそうな男性とはあまりなじみがない。スーツが決まっていてかっこよくて人柄もよさそうな男性が、テレビドラマの設定の中で生きているような存在に見えたのだ。

二言三言しか言葉を交わせなかった。もう少し彼と話してみたかった、と竹内は思った。

「おにいちゃんただいま！」

かわいらしい高い声が店の中に響く。

小春が帰ってきたのだ。

昔は髪の毛も上手に結べなかった竹内だが、今ではツインテールもうまくなった。

「小春おかえりー。りっちゃんいつもありがとね」

「どういたしまして。今日もとくに変わったことはないって。お手紙とかは小春ちゃんのバッグに入ってるから」

小春の送り迎えをしてくれているのは家業を継いだ三崎《みさき》という友人の妻の律子《りつこ》だ。若い世代の転出が増えているとはいえ、三崎のように結婚してから地元に戻ってくる者もいる。

「じゃあまた明日ね。みいちゃん、小春ちゃんにばいばいして」

「こはるちゃん、またね。あしたピンクのうさぎさんつけてきてね」

「うん。みいちゃんもつけてきてね。おやくそくだよ」

二人は小さな手を左右に振る。そんなありふれた仕草すら愛らしい。

ピンクのうさぎとは、髪飾りの話だろう。幼児とはいえ女の子は女の子だ。子供たちのやり取りを見ていると、竹内もいつの間にか笑顔にさせられる。

小春は休日にはスカートを穿《は》きたがるし、せっかくいただいた服でも気に入らなければぜったいに着ない。気難しい子でどう扱っていいのかわからず悩んだ竹内は、商店街の子育てのベテランの人たちに相談した。女の子とはそういうものだから気にしなくていいのよ、という言葉をもらってほっとしたのも遠い昔の出来事のように感じる。男の子たちと一緒に走り回る活発なタイプの子は、逆にファッションにまったく興味を示さなかったりするらしい。

出産の事故で産まれたときに母を亡くし、竹内は父子家庭で育った。父が再婚するまで長い間一人っ子だったので、女の子とはじつに不思議な存在だ。

数年前には父と新しい母が病気で亡くなり、兄弟三人が残された。当時大学生だった竹内は慣れない育児にてんてこ舞いだったが、こうして皆に助けられて今に至る。

竹内と小春は律子とみいを見送って、バッグを片づけたりスモックを脱がせたりした。小春はそれらを持って居住スペースに行く。

居間には子供の背丈の荷物掛けが置いてあり、ハンガーに通したスモックとバッグをそこに掛ける。次に洗面所で手を洗ってから店に戻ってくる。一度言えばだいたいのことは頭に入って、毎日の行動がすでに身についているため、手がかからない子だ。

午後二時過ぎという時間帯は人が最も少なくなるので、店でおやつを出す。今日はサンドイッチを少しと、カットしたフルーツだ。

途中で客が来れば部屋に戻ってもらう場合もあるのだが、だいたいが顔見知りなのでお年寄りたちが小春の相手をしてくれる。

「おなかすいた。おにいちゃん、おやつなに？」

小春の帰宅から間もなく、冬真が帰ってきた。

ドアを開けるやおやつをねだり、靴を履いたまま店舗から居住スペースにランドセルを放り投げて
カウンター前にやってくる。

「冬真、ランドセルは丁寧《ていねい》に扱って。それと、帰ってきたらまずなんて言うの？」

「ただいま！」

「はい、おかえり。じゃあランドセル片づけて、手を洗ってきて」

「はーい！」

冬真は元気よく返事をして部屋に上がった。返事だけは一人前だ。

ランドセルを学習机の上に置いた音が聞こえて、バタバタと足音を立てて再び戻ってきた冬真に、
竹内は言った。

「おやつの前には手を洗うんだよね？」

「あ、そうだった」

ランドセルを片づけている間に、次にしなければならないことを忘れてしまうらしい。

一度言えば覚える小春と違い、手を洗え、ランドセルを片づけろ、宿題をしろ、と竹内は毎日毎日

冬真に同じことを繰り返し言う。どれだけ言えばいい加減覚えてくれるのだろう。

小さな頃からそうだったから、これは性格というものだろうか。

竹内はため息を漏らす。

しかし幼少期の自分を思い返してみると、今の冬真の言動は当時の竹内そのもののような気がする。はっきりとは覚えていなくとも、ランドセルを片づけろ、手を洗え、と父にいつも言われていたのは記憶にあるのだ。

両親に代わって二人を育てるようになった今になって父の苦労が身に沁《し》みてくる。竹内は弟妹をしっかりと育て上げなくてはならない。

「じゃあ行ってきますっ！」

おやつを食べ終えるや、冬真はカウンターの椅子から飛び降りた。

気づけば朝直したはずの寝癖《ねぐせ》が再びぴんと跳《は》ねている。

「冬真、どこ行くの？」

「こうえん。りょうくんたちとあそぶ！」

「宿題は？」

「かえったらやる。じゃあねっ！」

兄に捕まる前にさっさと店を出ていこうとしているのだ。

「店から急に飛び出しちゃだめだって！」

しかし注意されたために一度止まり、左右を確認してから走り出す。

商店街は車が入ってこられないし、自転車も降りて引くルールになっているとはいえ、子供が急に飛び出してきてお年寄りとぶつかったら、相手に怪我《けが》をさせてしまう可能性がある。

「ほんっと落ちつきないなぁ……」

元気いっぱいで明るく人懐こい性格は兄としても誇らしいのだが、同時にはらはらさせられもして、竹内は常に心配している。今まで大きな怪我もなくやってこられたのが奇跡だ。

「まーくんはなんでいつもとびだすの？　おにいちゃんはいつもだめっていってるのに」

「どうしてだろうね。忘れちゃうのかな？」

「わたしよりおにいちゃんなのに？」

四歳児にこんなふうに言われてしまう小学二年生の兄の立場がない。ほほえましく思いつつも、同じ兄として竹内は一応フォローしておいてやる。

「小学校に入ってお友達がたくさんできたから、早く皆と遊びたいんだよ、きっと」

「わたしもしょうがっこうにはいったら、おともだちたくさんできる？」

「もちろん。楽しみだね。ランドセルは何色がいい？」

「ぴんく」

話を上手く逸《そ》らせて、竹内は小春と遊んでやる。

冬真は小学校に入ってから友達と外で遊ぶようになった。それ以前はケンカをしながらも冬真と小春とで遊べたのだが、今では小春が家に一人取り残されてしまう。

竹内が幼稚園の頃は、平気で一人で歩いていたものだ。少子化が進んでいたとはいえ当時はまだ子供が多かったし、商店街は今よりもずっと活気があって、立ち話をしている人たちがたくさんいた。夕方になると買い物客であふれ、どこかしらに大人の目はあったのだ。しかし今はもうその面影はない。物騒な事件も多いし、幼稚園児を一人で外に出すなんて怖くてできない。

したがって、小春は店で竹内と過ごす時間が長い。絵本を読んであげたり、折り紙で遊んだり。幼稚園のクラスの友達の親が誘ってくれることもしばしばで、幼稚園から帰ってきたあと、一、二時間程度、遊んでもらったりしている。

大きな悲しみを乗り越え、ようやく落ち着きを取り戻した。

幼い弟妹を抱えて慌ただしいとはいえ、竹内の毎日はとくに代わり映えしない。

いつもとなにも変わらない生活。起きて、弟妹を送り出し、店を開いて働いて、家事をこなし、冬真と小春と一緒に眠る。毎日毎日同じ時間を繰り返す単純作業のような日常は、つまらない人生なのだろうか。

そんなふうに思ったことはない、といったら嘘《うそ》になる。

けれど激しい変化など起こらない平々凡々な毎日こそがじつは幸せの連続なのかもしれない。「普通」を維持するのはとても難しいのだ。

せめてあと十六年。小春が成人するまで、大きな事件など起こらずに、兄弟三人で穏やかな日々を過ごしていきたい。

そんなささやかな願いが吹き飛ばされてしまいそうな出来事が訪れるなんて、このときの竹内は想像すらしていなかった。

商店街は午後七時から七時半の間に閉店する店が多い。竹内も、まだ弟妹に手がかかる時期ということもあって、客がいなければ七時前に店を閉めてしまう場合もある。

三人で風呂に入って、髪の毛の短い冬真はタオルで拭《ふ》いて終わりだ。

「冬真、宿題チェックするから持っておいで」

竹内は小春の髪の毛を拭きながら冬真に声かけする。すると冬真はしまったという顔をして、慌てて二階に駆け上がっていった。

宿題をやっていないな……。

竹内は酸っぱい顔をしながら重ねて言った。

「居間でやりな。見てあげるから」

小春の髪の毛を乾かしつつ、その傍《かたわ》らでは冬真の宿題を見る。

部屋の中は雑然としていて、ちゃんと片づけないとな、などとぼんやりと居間を見回していた竹内の思考を遮《さえぎ》ったのは、幼なじみの水野賢吾《みずのけんご》の大声だった。

「秋人！　秋人！」

裏の扉から賢吾が入ってくる。幼少期の頃からチャイムなど鳴らしたためしがなく、まるで自分の家のように入ってくるのだ。

賢吾の髪の毛は長くて明るい。ゆるいロングのTシャツに細身のジーンズを穿いて、歩くたびにそこかしこについているシルバーのアクセサリーがじゃらじゃらと音を立てる。化粧をしないで外を歩いているヴィジュアル系バンドのメンバーのように見えなくもないが、建築業を営む父の元で毎日汗を流している。

「けんちゃんだっ。ごはんたべにきたの？」

小春は竹内の懐から飛び出す。賢吾とは友達だと思っている冬真もまた、宿題を放り投げて賢吾に駆け寄っていった。

「悪い。今日はメシじゃねえんだよ。ちょっと秋人借りてくから。お前らは俺んちで留守番しててくれ」

賢吾は冬真と小春に謝ってから、竹内に向き直る。

「秋人、集会所に来てくれ。ちょっと大変なことになってんだよ。俺、知らされてなくて、ついさっき聞いて驚いてさ」

柔和《にゅうわ》な顔立ちで真面目に作業をしていてもへらへらとしているように見られがちのため、ずいぶん損をしてきた賢吾の切羽詰まった表情を見て、竹内はただならない事態が起こっているのだと瞬時に察知した。

暖かくなってきたとはいえ、ゴールデンウィークが終わったばかりの時期では、夜はまだ肌寒い。竹内は冬真と小春に上着を着せ、水野家に預けてから賢吾と一緒に商店街の中ほどにある集会所に向かった。

その道すがら、竹内は賢吾に尋ねた。

「大変なことってなに？」

「ああ、それがさ、なんかこの辺り一帯の再開発の話が出たらしいんだよ」

「再開発って……」

ここ十数年の間、竹内の商店街のある最寄り駅と前後の駅の周辺の区画整理が鉄道会社によって行われているのは知っている。線路の拡張のためだったり、高架型にする工事も進められていたりするのだ。

かなり昔、竹内がまだ幼い頃からすでに計画が持ち上がっており、鉄道会社が提示してきた計画案には竹内たちの商店街の一部も入っていた。しかし町会が一丸となって拒否してきた過去がある。

再開発が中止になったわけではないとは思っていたが、もう二十年近くも前の話だ。その間に立ち退きを要求されたり具体的なスケジュールを聞かされたりしてきたわけではなかったので、まさか唐突にその話が再燃するなんて想像もしていなかった。

もしも本当にそうなってしまったら……。

幼い弟妹の今後を思うと、竹内の胸には不安ばかりが募《つの》る。

「うちの親父も驚いてたぜ。なんか今日いきなり鉄道会社のほうから話を持ちかけてきたらしくてさ。話し合いは今もまだ続いてるんだよ」

「全然知らなかった。今日はお客さん少なかったから早めに店を閉めちゃったんだけど、きっと皆話し合いに参加してたんだね」

「だな。最初は高橋さんが対応してたらしいんだけど、やっぱり話は広まるじゃん？　それで皆集会所に集まっちまったみたいだ」

竹内が呼ばれなかったのは、冬真と小春がいるからだろう。子供を連れて参加できない場面では考慮してくれるのだ。

長テーブルとパイプ椅子がコの字に並ぶ集会所には、商店街の会長の高橋を始め、各商店の主人たちが集まっていた。

「秋ちゃん、今の時間は忙しいだろう？　二人はどうした？」

「冬真と春ちゃんいるんだから帰っていいよ。明日にでも知らせるから」

竹内が集会所に入るや、商店街の人たちから次々に声をかけられる。

「いいえ、賢吾の家に預けてきたので大丈夫ですよ」

商店街の人たちと話をしつつ、状況を窺《うかが》うために、竹内は集会所内を見回した。視線がたどり着いた先に驚き、口をぽかんと開けたままその人物を見やる。

なにが起きているのか瞬時に判断できず、扉の前でぼうっと立っている竹内に、高橋は気難しい顔を向けてきた。

「せっかく来てもらっといてあれだけど、もうお開きだ」

高橋はこれ以上話すことはないと言わんばかりにパイプ椅子から立ち上がる。その動きに促《うなが》されるように、そのほかの面々も集会所をあとにした。

「解決したってこと？　じゃあ俺らもう帰って大丈夫？　メシの途中だったんだよ」

竹内をこの場に連れてきた賢吾は、事態は思ったほど深刻ではなかったと判断したようだった。緊張から解放されて気が緩《ゆる》んだらしく、竹内の存在を忘れて顔見知りの人たちと話しながら集会所を出ていってしまう。

取り残されていたのはスーツを着た男性二人だった。そのうちの一人を、竹内は知っている。

「あ、あの……」

つい先日、店にやってきた印象的な男性だったのだ。

竹内は声をかけるも、言葉の先が見つからず、言葉を呑んでしまう。

土地開発のために鉄道会社の人たちがやってきた、という事情を先ほど賢吾から聞いたので、理解はしている。そして彼らがその計画を進めようとしている人たちであることは、状況からして明らかだ。

ならば先日コーヒーを飲みに来たのは、視察の合間にふらりと立ち寄ったのだろうか。または偵察《ていさつ》を兼ねていたのかもしれない。

「先日はありがとうございました。途中で店を空けてしまってすみません」

「急に呼び出しがかかってすぐに店を出てしまったからな。こちらこそ代金をテーブルに置いて帰って申し訳ない」

帰るときはテーブルに置いておいてください、と言ったのは竹内のほうなのだ。謝られる筋合いはない。

「秋ちゃん、お客さんはもうお帰りだよ」

戸締りをしていた人に声を掛けられた。鉄道会社の人間に対して「さっさと帰れ」と伝えているのは竹内にもわかっていたのだが、あえて空気を読まないことにした。

「鍵、閉めておくよ。集会所の鍵はあとで高橋さんに届けるね」

鍵を受け取り、集会所に一人になった竹内に、男性が名刺を差し出してくる。

「ありがとうございます」

春日井哲郎《かすがいてつろう》という名前の肩書には、社長の文字が並んでいる。しかし社名は近くを走る私鉄の会社ではなく、カタカナの聞いたことのない名前だ。

「名刺、っていうか店の名前が入ってるカードは店にあって、今持ってないんです。すみません」

「レジのところに置いてあったものなら、先日いただいて帰りました。店主の竹内秋人さん」

その辺りはぬかりがないらしい。

商店街側は当然今回の計画を突っぱねているだろう。思ったような成果が上がらなかったため、春日井たちも帰り仕度を始めた。

「私鉄の人が来たって友達に聞いたんですけど、こちらはどのような会社なんですか?」

物事を決める会議に参加はしても、竹内に決定権ない。自分に交渉を持ちかけられてもどうにもできないので聞いても影響がないと思ったのと、私鉄ではない社名が気になったのとで、竹内のほうから話に触れてみた。

「その鉄道会社の子会社です」

「じゃあやっぱり区画整理の交渉のために来たんですか？」

「大まかに言えばそういうことになりますが、線路を拡張したいからという鉄道会社の理由とは違います。以前はこの辺りも計画案の中に入っていたようですが、優先度としては高くありません。そこで手前どもが新たな提案をしたかったのですが、会長さんが取り付く島もなくてどうしたらいいものかと」

「商店街の人たちは、この街の景色が変わることを望んでいません」

「もちろん、みなさんのそのような気持ちはわかっています。しかし景色を維持し続けることはできるかもしれませんが、人は置物ではありません。生きていて、自由に動けるんです。常に同じでいられるわけがない、ということをお伝えしたかったのですが、今日はお開きになってしまったのでまた後日。もう少しわかりやすい資料を作ってうかがいます。急に言われても返事などすぐにできないことも、こちらも重々承知していますから」

　店のカウンターを挟んで会話したときとは違って、春日井は竹内に対して仕事相手に話をしているような口ぶりだった。

　たった二言三言だけの短い会話を楽しめた先日の昼下がりは夢だったのだろうか。

　話しやすい雰囲気と第一印象の好感触は、ビジネスマンとしての策略だったのかもしれない。これから取引をするかもしれない商店街を散策し、住民がどのような人たちなのか、調査していたのだろう。

いい街だ、という春日井の言葉もお世辞《せじ》だったのかもしれない。いや、仕事をするにあたって、都合のいい街だという意味だったのだろう。

仕事の合間にたまたま店があったから立ち寄っただけの客はこれまでにも大勢いて、全員を把握《はあく》するのはさすがに難しい。その大勢の中の印象的な人が、じつはビジネスのために探りを入れていたのだと思ったら、先日の楽しかった時間が途端に色褪《あ》せて見えたのだった。


現場にいた人の話によると、春日井が計画案を持って商店街を訪ねてきたとき、ちょっとした打ち合わせでたまたま集会所に人が集まっていたのだそうだ。

名刺を出し、どのような目的で来たのかを伝え始めた春日井を、皆は拒絶した。話を聞く前に無理やり話し合いを打ち切って解散となったところでちょうど竹内が入ってきた、という場面だったらしい。

春日井にはほとんどなにも話させなかったそうなので、具体的にどのような計画が持ち上がっているのか、皆知らないのだそうだ。どれだけ金を積まれようと好条件の物件に移動できようと、受け入れるつもりはこれっぽっちもないため、話を聞くだけ無駄だという意思表示でもあった。

また来る、と春日井は言っていたが、きっと無駄足になるだけだろう。過去においても何度もその手の話はあったが、彼らは自分たちの手でこの土地を守ってきたのだから。

彼らには強い意志がある。そのため春日井の話題で持ち切りになったり皆に動揺が走ったりといったことはとくになく、やはり普段と変わらない時間が過ぎていった。

春日井が土地開発の話し合いのためにこの街にやってきた日から一週間ほどが過ぎたある日、午後三時を過ぎたぐらいの時間に、春日井が竹内の店にやってきた。

低めの鐘の音に反応し、竹内が振り返る。

「いらっしゃいま……」

訪問者の顔を見て言葉が途中で止まってしまった。

本当ならばうれしいはずの再来店の客だが、彼の目的を知ってしまったあとでは微妙な気持ちだ。素直によろこべない。

「お好きな席にどうぞ」

ビジネスの話をされたら困ってしまうが、竹内は一応、春日井を客として対応する。

声をかけられた春日井は、鳩が豆鉄砲を食らったような表情を一瞬だけ見せてから、ほっとしたように目を細めた。

「中に入れてくれるんですね」

春日井は以前来たときと同じ座った席に腰を下ろす。

竹内はその言葉の意味がわからなかったが、あえて尋ねはせずにカウンターの上に水を置いた。名刺を受け取った相手ではあるけれど、深く関わってはいけない人だ。

「ブレンドと、ベーコンエッグトーストをお願いします」

オーダーを伝えたらまた携帯端末を開くのかと思ったのだが、春日井は作業する竹内の様子をずっと見ている。

コーヒーの準備をしている間、なるべく意識しないように心がけてはみたものの、そう考えている時点で意識させられてしまっているのだ。最初の印象が悪くなかっただけに、ただただ残念だ。

コーヒーを飲んだ春日井は、ほっとひと息ついた。

彼の訪問を素直な気持ちで受け入れられはしないものの、気が休まる時間を提供できたのだと感じられる瞬間は、相手がどんな人であったとしても竹内にとって至福の時だ。

春日井は竹内の行動を黙って見ていたが、ベーコンエッグトーストを出したタイミングで口を開いた。

「助かりました。定食屋にもそば屋にも断られてしまって」

春日井はトーストを片手に苦笑いしている。

「それは……」

竹内はのどまで出かかった言葉を呑み込んだ。

腹を空《す》かせてやってきた客を追い返すなんて、してはいけないと思う。しかし春日井については、いいか悪いかは別として、店側が拒否したくなる気持ちは理解できるのだ。竹内だって本音を言えば春日井の訪問に戸惑ったのだから。

竹内にとって春日井は、敵なのか味方なのか。

どちらかと言えば敵のほうだ。春日井の提案書を読んだわけではないので完全排除はしないが、今の平穏な毎日を脅《おびや》かす存在になりかねない。この先、なにか動きがあれば、竹内は商店街の人たちとともに戦わなければならないのだ。

「おじちゃん、よそのおみせおいだされたの？」

突然、小春が話に割って入ってきた。高めに設置されているカウンターから、ちらちらと頭のてっぺんだけが見え隠れしている。静かにしていたこともあって、春日井の訪問によってその存在がすっかり頭から抜けてしまっていた。

小春が幼稚園から帰ってきたとき店に客がいなかったので、テーブル席の奥で本を読んだり折り紙をしたり、一人で遊ばせていたのだ。冬真がまだ帰ってきていなかったし、幼い小春を家に一人でいさせるのは抵抗がある。竹内の視界に入る場所にいてくれれば安心なのだ。

「小春、話に入ってきちゃだめでしょ。それと、おじさんっていうのも失礼だからね。春日井さんだよ」

「俺は別にかまわないですよ」

席に戻るように言った竹内にそう言うと、春日井は小春を自分の席の隣に座らせてやった。

「小春ちゃんぐらいの子からしたら、三十五歳の俺は充分おじさんだ」

ね？　と同意を求めるように、春日井は小春に優しげな目線をやった。

小春はにこにこしながら春日井を見ている。

春日井の表情からは無理をしている様子は感じられず、ビジネスマンとしての顔ではなく、素の表情に見えた。

子供が好きなのかもしれない。いや、ビジネスのためにそう装っているだけという可能性もある。あまり疑いたくはないのだけれど。

竹内は人にたいして強い警戒心を抱く性格ではないのだが、自分の生活が脅かされる可能性があるため、つい斜めから物事を見てしまう。とはいえ小春に嫌な対応をしているわけではない春日井を、邪険に扱うのは違う。

もう一人帰ってきたら、大変な騒ぎになるかもしれない。そう思った矢先、元気いっぱいの声を出しながら、冬真が帰ってきた。

「ただいま！　おなかすいた！」

冬真はカウンターに座っている男性と小春が話をしているのを見て、自分も、と思ったようだ。ランドセルを居住スペースに投げ込んでから、小春の隣に座った。

「冬真、ランドセル投げちゃだめだろ」

「はーい！　おやつちょうだい！」

「食べる前になにするの？」

「手を洗う！」

椅子から降りて手を洗いに行く冬真の背中を見て、春日井は目を細めた。

「息子さん、元気ですね」

「冬真は弟ですよ。小春が妹。年が離れてるので親子で通用してしまいますけどね。さすがに冬真は、僕が高校生のときに生まれてるので若すぎますけど」

三人で歩いていると、若いお父さんだと言われることもしばしばだ。竹内は慣れているので、その都度言う言葉を春日井にも返した。

親子だと思い込んでいた春日井は、目を丸くした。その反応にも慣れている。

「それは失礼しました。ご兄弟だったんですか。若いお父さんだなとは思ったんですが」

「よく言われるんですよ」

「おとうさんとおかあさんは、びょうきでなくなったの」

身内の話などするつもりがなかったのだが、小春が竹内と春日井の会話に割って入ってきた。

父と母は病気で亡くなった、というのは竹内の言葉だ。世間話の延長で事情を聞かれたときによく使う。それを何度となく聞いているうちに、小春は覚えてしまったのだ。

唐突に重たい話を聞かされた春日井は、どのような言葉を返したらいいのだろう、というような気まずげな表情になる。

「小春は両親を覚えてないので、実質的に僕が親みたいなものなんですよね。二人には寂しい思いをさせないようにしたいんですけど」

「人懐っこくて元気いっぱいで、健やかに育ってるように感じますよ。一度会ったぐらいでこんなことを言うのは無責任だろうけど」

「いえ、他の人からそう言われるとうれしいです。ありがとうございます」

「おやつっ！　なに？　アイスたべたい。きょう、そとあついよ」

手を洗い終えた冬真が戻ってくると、店の中が一層明るくなる。

両親が立て続けに亡くなったのは小春の物心がつく前だが、当時冬真は四、五歳だった。なぜ二人が帰ってこないのか理解できず、現状を素直に受け入れてしまった冬真の無邪気さが、竹内にはかえって心に突き刺さった。

兄である竹内が大学四年生だったのは幸いだった。仮に竹内が存在せず、幼子二人だけだったり竹内が小中学生だったりしたら、冬真と小春は今頃どうなっていたことか。

幼い子供たちを二人も抱えて始まった新しい生活は、決して楽ではなかった。しかし冬真と小春を育てる中で寂しい思いはぜったいにさせたくない。竹内はそういう気持ちで毎日を過ごしている。

「冬真、今日の宿題は？」

「九九のあんしょう。一のだんから九のだんまで十かいずつ」

「そういえば、最近家でもずっと九九言ってたな。覚えられた？」

「うん。でも七のだんと八のだんと九のだんがむずかしいよ。六のだんも」

「つまり、半分ってことだな」

春日井が冬真に、笑いながら言った。

「おじさんは九九覚えた？」

「おじさんは失礼でしょ。春日井さんっていうお名前だよ」

先ほど春日井は気にしないと言ったが、竹内のほうが気にしてしまう。

「かすがいさんは九九いえる？」

「もちろん。きっとお兄ちゃんもちゃんと言えるよ。宿題聞いてあげるから、暗唱してごらん」

「そんな、宿題の相手をお客さんにさせるなんて」

「かまいませんよ。俺が好きなだけなんで」

暗唱を聞いてくれる人が近所の顔見知りのおじいさんおばあさんなら、竹内だってなんとも思わない。顔なじみの気安さがあり、春日井には、やはり外の人間だという認識があるのだ。

しかし兄の心など読み取れない弟は、やれと言われて俄然《がぜん》やる気になって、春日井に向けて一の段から暗唱し始めた。

本人の言葉どおり、六の段で怪しくなり、案の定七の段で詰まってしまった。

「しちしやしちしち辺りの言葉が難しいんだろうな。七の段は七、それを一から順番に言っていくイメージだよ。一緒に言ってみようか。しちいちがしち、しちにじゅうし、次は？　さんだよ」

「しちさん」

「そう、しちさんにじゅういち……」

冬真は春日井と一緒に、七の段をゆっくりと暗唱する。

すると小春もにこにこしながら二人の言葉を追いかけ始めた。冬真には苦手な七の段でも、小春にとっては意味がわからずまるで魔法の呪文のように聞こえるのだろう。楽しんでいる様子が見て取れる。

「今は意味がわからなくても、小学校に入ったら必要になるから、音だけでも覚えておくと、あとで楽だ」

春日井は小春も巻き込んで、冬真と一緒に苦手な後半部分を何度か繰り返したり、一の段から通しで暗唱したりした。

一度休憩し、アイスを食べ終えてからもう一度最初から暗唱させると、冬真は引っかからずに全部言えた。

「ほら、できた。夜寝る前に、もう一度お兄ちゃんに聞いてもらうといい。今できたんだから、夜だってできるよな？」

「うん！　できるよ！　あしたのあんしょうのテストはごうかくするよ」

「合格したら報告してくれるか？」

「わかった。ぜったいごうかくするね」

九九八十一、と言い終えたときの冬真の達成感のような自信に満ちた表情を、カメラに収めておきたかった。毎日嫌々宿題をやっている普段の冬真からは想像もできない顔だったのだ。また宿題やテストに対してこれほど前向きになっている冬真も見たことがない。たとえ内容が勉強だったとしても、構ってもらえたのがうれしかったのだろう。

さらに、小春まで九九を覚え始めていた。幼児ならではの吸収力なのだろう。遊びながら知らず知らずのうちに勉強をしていた。

その手伝いをしてくれたのが春日井だ。冬真も小春も、丁寧に対応してくれた春日井にすっかり懐いてしまった。

ただの通りすがりの客だったらよかったのにな。

つくづく残念だった。

「かすがいさん、おりがみしよう」

小春が折り紙の入っている箱を持ってくる。

「ぼくもやるっ！」

「折り紙か。俺、あんまりやったことないから折れないいんだよ」

春日井は困り笑いの表情で冬真と小春を見る。

本当に折れない可能性もあるけれど、おそらく遠回しに断っているのだろう。

「じゃあわたしがおしえてあげる」

「つるってかんたんだよ」

「冬真、小春。春日井さんはできないって言ってるんだから、無理に誘うのはやめなさい」

春日井に遊んで攻撃を仕掛ける弟妹を、竹内はたしなめた。

自分の幼い頃を振り返ってみると、父子家庭だったこともあって竹内も冬真や小春のように店で長い時間を過ごしてきた。お客さんに遊んでもらったし、カウンター越しに父に宿題を教わったりもしていた。

自身がそのように育ったたし、視界に入る場所にいてくれると安心するため、竹内は冬真と小春を可能な限り店で見ていた。近所の人たちは昔も今も小さな子供には寛大で、店に二人がいればなにかと構ってくれるので甘えている部分もある。

ただし顔なじみだから頼れるのであって、そうではない客相手にまで絡《から》み始めてしまうのは、竹内としては見過ごせない。

「いや、俺は構わないんだが……」

春日井がなにか言いかけたとき、ドアの鐘が鳴った。

竹内はいらっしゃいませと声をかけてそちらに顔を向ける。

「こんにちはー。秋ちゃん、持ってきたよ」

「佐藤《さとう》さん、お世話さまです。いつもありがとうございます」

近所の商店が、食材の配達に来てくれたのだ。

冬真と小春をどうしよう、と佐藤と視線を行ったり来たりさせていると、察した春日井が佐藤とのやり取りを優先するよう、どうぞと手で促してくる。

佐藤にも次の仕事があり、待たせるわけにはいかない。春日井には重ね重ね申し訳ないが、ひとまず支払いや食材を運ぶのを先にさせてもらってしまおう。

「はい、じゃあこれ。注文もらったやつね。あと、これはおまけ」

差し出されたビニール袋は、小振りのメロンがいくつか入っていた。

「メロンなんて高価なもの、こんなに受け取れないよ。ほかにだれか……」

「いいのいいの。ちょっと傷があって売り物にはできないやつだから気にしないで。味は保証するよ。昨日うちでも食べたんだけど、瑞々《みずみず》しくて甘くてうまかったんだ。冬真や小春に食べてほしくて」

幼い二人を理由にされると、竹内は途端に断れなくなってしまう。佐藤の気づかいに感謝して、メロンを受け取った。さっきまで冷蔵庫に入っていたらしくて、ひんやりとしている。

「食べきれないようだったら、あのお客さんにでもあげてよ。冬真と小春に張りつかれて大変だ」

佐藤は箱を持ったまま小さく肩をすくめて笑う。どうやら春日井の顔を知らないらしい。

彼がどのような人なのか、とあえて知らせる必要はないので、黙っていよう。竹内個人としては、春日井をそんなに嫌な人だとは思えないのだ。

「ありがとう。二人ともメロン大好きだからよろこぶよ」

竹内は振り返り、二人に声をかけた。

「冬真、小春、佐藤さんがメロンくれたよ。お礼を言って」

「ありがとうございますっ」

「ありがとうございますっ」

　二人の声が重なって、冬真と小春は顔を見合わせてころころ笑う。

「どういたしまして」

　佐藤は二人に手を振った。

「子供ってかわいいよなぁ。こっちも元気になるね」

　佐藤は相変わらずにこにこしたまま竹内に箱を渡す。

　竹内は受け取った箱をカウンターの内側に入れ、伝票と中身を確認してから、出入り口のドアの前で待っている佐藤にお金を渡しにいく。

　ちらりと見てみると、冬真と小春はさっそく折り紙を取り出し、鶴を折り始めていた。ちゃっかり春日井にも赤い折り紙を持たせている。

「すみません、これ冷蔵庫にしまってきていいですか？」

　どうしようかと思ったのだが、この気候ではほんの少しの時間、食材を常温で放置しただけで傷《いた》んでしまう場合がある。飲食店なので食中毒にはとくに注意しなければならないのだ。

「どうぞお構いなく」

　春日井はちらりと竹内を見てそう言って、すぐにまた冬真と小春のほうに意識を向けた。鶴を折り途中で、冬真や小春がどんどん先に折り進めていってしまうので、春日井は少々慌てているように見えた。

先ほど春日井は折り紙は折れないと言っていた。竹内はそれを遠回しの拒否だと受け取ったので、冬真と小春にやめるよう言った。しかし、ひょっとしたら勘違いだったのかもしれない。

春日井の手つきがぎこちなかった。端と端をそろえて折るだけの簡単な作業なのに、それすら慣れていない様子で、ひと折りするだけで小春の二倍ぐらいの時間がかかっていたのだ。

折れない、というのは言葉どおり受け取ってよかったのかもしれない。

竹内は箱を抱えて自宅に上がった。

奥にある店用の冷蔵庫に食材を入れながら、折り紙に真剣に取り組んでいる春日井の顔を思い返してみると、つい口元が緩んでしまう。

完璧な男性に見えるのに、折り紙が苦手だなんて意外だった。竹内だって得意というわけではないけれど、小さい頃に近所のおじいさんやおばあさんたちに教わって折り紙で遊んだ経験はあるので、少なくとも鶴や風船ぐらいは本を見なくても折れるのだ。

店に戻ったら、春日井は違う色の紙でまたなにか別のものを折っていた。その隣で小春が一生懸命折り方を教えている。

子供と一緒になって真剣に折り紙で遊んでくれるぐらいだし、春日井に上っ面な印象は感じなかった。

「春日井さん、メロン好きですか？　よかったら食べませんか？　さっきもらったんですけど、さす

おりがみ

がに全部食べ終わる頃には傷んじゃうかもしれないので、ひとついかがですか？」

「たべるっ！」

「たべたい」

春日井に尋ねたのに、メロンと聞いて冬真と小春がカウンターから身を乗り出してきた。

「違う違う、今食べるかどうかって話じゃなくて。それに、兄ちゃんは春日井さんに聞いてるの」

「えーたべたいたべたい」

スイッチが入ってしまったらしくて二人は食べたいの大合唱だ。

「メロンおいしいよね。俺も好きだよ」

それを見かねたのか、春日井が冬真と小春のフォローに回ってくれた。

「しかし冬真くんと小春ちゃんの大好物をもらってしまうのは心苦しいな。それにさ、メロンっておいしいけれど、自分で切って食べるのは面倒くさいんだよな。でも大好きだからちょっとぐらいは食べたい」

さてどうしよう、と今度は竹内に顔を向ける。

「竹内さん、もし迷惑でなかったら、今少しだけいただけないですか？　営業中に別メニュー出すのは難しいかもしれませんので、なんだったら冬真くんと小春ちゃんだけでも」

「それは別に、大丈夫ですけど」

「それはよかった。では手間をかけさせて申し訳ないですけどお願いします」

竹内は春日井の意図を理解していた。

すっかりメロンを食べる気になってしまった冬真と小春を落ち着かせるためだったのだろう。自分で切るのは面倒だ、という春日井の言葉にどのぐらいの真実が含まれているかわからない。本音だったとしても、幼い子たちの願いを叶えてやってくれ、という気持ちは充分に伝わってきた。

そりゃあ目の前で食べるかなんて聞かれたら、竹内だって子供だったら食べたいと言うだろう。

竹内は自分の配慮のなさを反省し、春日井のフォローに感謝する。

カットしたメロンをガラスの器に盛り、カウンターの三人に出す。

冬真と小春は目をきらきらと輝かせてフォークを手に取った。

小さくカットしたつもりだったが、まだ小春の口には大きかったらしくて、頰《ほお》がハムスターみたいになっている。

かわいいなぁ……。

親バカと言われてもいい。

竹内の口にも自然と笑みが浮かぶ。

春日井も気持ちは同じらしくて、にこにこしながら冬真や小春を見ていた。

「かすがいさん、めろんおいしいね」

「うん、そうだね。すごく甘くて本当においしいな」

春日井も一緒にメロンを食べて、三人で感想を言い合っている。

冬真と小春は希望が叶って満足顔だ。

「おにいちゃんはめろんたべないの？」

包丁やまな板を洗っている竹内に、小春が尋ねてきた。

「うん。あとにする」

「なくなっちゃったの？　わたしのあげるよ」

小春はフォークに刺したメロンを竹内に向けて差し出してくる。

「おいしいよ。はい、あーん」

これでも一応仕事中なので、お客さんの前では食べられない。そのため自分の分は用意しなかったのだが、そのような事情など知らない小春は、無邪気な顔をして大好きなメロンを竹内に分けてくれようとしている。

「ぼくもあげるっ！」

冬真も小春に張り合って、残り少ないメロンのひとつを分け与えてくれる。

ここまでされて、どうして断れるだろう。

「すみません。失礼します」

竹内は春日井にひと言断ってから、カウンターから身を乗り出した。

「うん、甘い！　瑞々しい！」

竹内がメロンを食べてよろこんでいる様を見て、冬真と小春は満足そうな笑顔だ。竹内も冬真も小春も、食べ物ひとつでこんなにも温かな気持ちになれる。

冬真と小春から食べさせてもらったメロンは、今まで食べた中で一番の味だった。

三人のやり取りを眺《なが》めている春日井の目にもまた、温もりを感じた。

春日井は優しい人だ。そして竹内にこの幸せな瞬間を与えてくれたのもまた、春日井だ。

竹内が春日井に感じた印象と、冬真と小春の思いは、たぶん同じなのだろう。

近所の顔なじみの人たちではない客がいるときは部屋に戻るように言ってあるし、それを守っていた冬真と小春が、なぜか春日井には顔見知りの人のように接している。おそらく近所のおじいちゃんおばあちゃんと同じぐらい接しやすい人だと感じたのだろう。

今のこのふんわりとした優しい空気を作ってくれているのは春日井で、ありがたいと思う一方で、竹内は内心複雑でもあった。

竹内は子供の頃から父の経営するこの店で様々な客と出会ってきた。

高校と大学生のときには飲食店でアルバイトをしていたし、休みの日や店が忙しいときには、父の手伝いをしたこともある。ご近所付き合いから見ず知らずの人まで、接してきた数は多い。経験から言うと、初対面の印象がいい人は、その後もイメージが変わることはほとんどないのだ。

せっかく楽しそうにしているので水を差したくなかったが、折り紙がひと区切りついた頃合いを見計らって、冬真と小春に部屋に戻るように言った。込み入った話は子供たちの耳に入れたくない。

二人は名残《なごり》惜しそうにしていたが、春日井に充分に遊んでもらえたため、素直に部屋に戻った。

冬真と小春は年齢に開きがあるので、本来ならばお互いに遊び相手にはならない。しかし子供なりに家庭の事情を察知しているのか、いつも寄り添っている。年上の冬真が、とくに感じているのだろう。優しい子なのだ。

竹内が忙しくしているときには、小春の面倒をしっかり見てくれる。ありがとう、助かったよ、おりこうさん。冬真を褒《ほ》めてあげるとき、竹内は心がずきっと痛む。無理をさせてはいないだろうか。本当はもっとわがままを言いたいのではないだろうか。

聞き分けがいい冬真と小春をありがたいと感じながらも、同時に申し訳なさもある。竹内は、うまく育てられているのだろうか。不安や迷いは尽きない。

だから以前春日井に「健《すこ》やかに育っている」と言ってもらえたとき、とてもうれしかったのだ。

春日井の食べ終わったカップと皿を下げ、新しく淹れたブレンドを出す。

驚いたような顔をした春日井に、竹内は言った。

「冬真の宿題を手伝っていただいたお礼です。それに、遊んでいただいたし。メロンのことも」

「好きでやったことだからお気遣《きづか》いは無用なんだけど、せっかくなので遠慮なくいただきます。ありがとうございます」

春日井は目を細め、カップを口に運ぶ。

竹内は、おいしそうに飲んでくれる人を見るのが好きだ。

しかし、今はその心にふたをしよう。

「春日井さん、この前の話なんですけど」

春日井がひと息ついたところで、竹内は先日の内容について切り出した。ちょうど店に他の客がいなかったので、今がチャンスなのだ。

「話を聞いてくれるんですか？」

子供と接していたときの優しい顔つきから、ビジネス仕様の引き締まった表情に切り替わる。スイッチが切り替わった瞬間だった。けれど、営業マンのような愛想笑いは維持している。

交渉の立場にはない竹内が口を挟《はさ》んでいいのだろうか、という迷いはあった。これがきっかけで話がおかしな方向に転がっていく可能性は捨てきれない。

また、春日井が急に臨戦態勢になったように感じたので腰が引けてしまう。社長という立場の人だし、有能な人には違いないだろう。丸め込まれてしまわないだろうか。

やはり聞くのをやめようか、という思いが一瞬頭をよぎった。しかしどっちつかずで宙ぶらりんのまま、もやもやとした気持ちを抱き続けるのも嫌だった。

先日、話し合いのあと、竹内は商店街の人たちに詳細を聞こうとした。しかし結局会長を始め皆なにもわかっていなかった。聞く耳を持たずに追い返してしまったからだ。

それもひとつの姿勢だ。断固拒否を示して付け入る隙《すき》を与えなければ、春日井たちはどうしようもないのだから。

しかし計画を拒絶するにしても、中身を知っているのといないのとでは違う。竹内は春日井に加担するつもりはこれっぽっちもないけれど、商店街の皆と話し合いをするときに、ここで聞いた情報は役に立つはずだ。

なにひとつ受け入れずに徹底的に撥《は》ねつける方法もあるし、話を聞いた上で、理路整然と断る理由を並べ立て、相手を諦めさせるのも手だと思っている。

「先に言っておきますけど、僕は商店街の一員です。町会にも入ってて、意見を言ったりはもちろんできますけど、決定権はありませんから。水面下で根回しをするつもりだったとしても、僕はそちら側に付くことはありません」

「じゃあなぜ話を聞く気になったんですか？」

若造など簡単に丸め込めるとでも思っているのだろうか。

春日井の表情には余裕があって、竹内は話題にしたことを少し後悔していた。油断したら一瞬にして呑まれそうだ。

「鉄道の拡張工事のための区画整理じゃなくて、別会社からの提案だって聞いて、どういうものなのか単純に中身が気になったからです。ただそれだけです」

「好奇心、というやつかな？　気に入っていただけると思いますよ」

竹内の言葉を受けて、春日井は計画の内容を簡単に話してくれた。

まず春日井の会社の事業内容はわかりやすく言うと、街をプロデュースする、というものなのだそうだ。

竹内はぴんとこないのだが、過去に手がけた仕事を聞くと、その手の場所に興味もなければ行ったこともない竹内でも知っているファッション地区だったり、ショッピングモール街だったりが出てきた。テレビで何度となく見ているので、春日井が竹内に伝えたいイメージはすぐに頭に浮かんでくる。

商業地区のプロデュースだけが仕事ではなく、戸建《こだ》てが多い土地では住みやすい街づくりを目指して再開発を行ったりもしているらしい。

春日井たちは、竹内たちの住んでいるこの街、駅とこの商店街を中心に、ここら一帯をその「住みやすい街」とやらにしたいのだそうだ。

「東京の中心部に近いのに、なぜか若い世代があまり入ってこない。調べたところ、新築マンションの建築はあるものの完売せず、価格を大幅に下げて売り出したり、買い手がつかずに空き部屋のままだったりしている。アパートも空室が多いようだし、古い戸建ての空き家も目立つ。利便性がいいし、商店街だって活気があるのにもったいない。もっと若い世代が入ってくるような街にしたいと思わないですか？」

「たしかに昔と比べると本当に人が少なくなりました。若い人たちに住んでもらって活気のある街を、というのも、うちの自治体に限った話ではないと思います。でも、だからといって街を作り替えるなんて、ここの人たちはだれもそんなこと望んでません。会長を始め、お年寄りが多くて、長く住んだ土地の景観だったり裏路地だったり、生活に根付いた町並みを壊したくありません」

「長年住んだ土地に愛着があるお年寄りの思いは、俺にだってわかりますよ。竹内さんのような若い世代だって、ここで生まれ育ったのであればそういう気持ちをお持ちでしょう。じゃあ、冬真くんは？　小春ちゃんは？」

春日井は冬真と小春に触れてきた。なにが言いたいのか、その言葉だけでは判断できなかったが、おそらく子供たちを引き合いに出して竹内の感情を揺さぶろうとしているのだろう。卑怯《ひきょう》だ。

「子供たちにはまだわからない話だと思います」

「大人から見た地域の今の子供たちの現状、でかまいませんよ。近隣の小学校、冬真くんの話だと思いますが、ひとクラスだとおっしゃっていましたよね」

「たしかに冬真の学校の話です。隣の小学校も同じようなものです。少子化ですから仕方がないと思います」

「お年寄りたちが店を切り盛りしている間は問題ないでしょう。しかし、言い方は悪いですが、お年寄りたちはいずれいなくなります。自然なことです。もちろん竹内さんも年を取っていく。では次世代の担《にな》い手である冬真くんと小春ちゃん、さらに彼らの子供や孫の世代は？」

「それは……」

竹内は冬真と小春を育てている「今」に必死で、そんな先のことまで考えたことなどなかった。しかし長い目で見ると、春日井の言わんとすることは充分に理解できた。

「街の景観は守ったが、人はいなくなった。それでいいんですか？　冬真くんや小春ちゃんが大きくなって、将来ここで新しい家族を作って生活をしていく未来を想像してみてください。その場合にはどうすればいいのか。このままでいいのか」

黙りこくってしまった竹内に、春日井は畳みかけてくる。

「商店街のみなさんは、大型の商業施設を作ってその中にテナントとして入って商店街をなくすだったり、ブーム的に発展させて数年で廃《すた》れて閑古鳥《かんこどり》が鳴くだったり、そういうネガティブなイメージを持っていると思います。これは今までに俺が担当した地域でも必ず出てきた意見です。もちろん、我々もそれは望んでいませんし、近くに大型商業施設の建設を計画しているわけでもありません。この土地に住んでいらっしゃる皆さんに提案したいのは、若い世代、とくに子育てをしている人たちが住みやすい街なんです」

春日井は鞄《かばん》から資料を取り出し、過去に手がけた商業施設や街の写真を見せてくれる。

前回春日井がやってきたときには、会長は資料を受け取らなかったと言っていた。

街づくりのほうでも、人口の推移や、そこにある商店街の集客データなど、細かい数字が並んでいる。

プレゼンテーション用だから、都合のいい部分しか載《の》せていない可能性は考えられるが、少なくとも成果を上げているのは間違いなさそうだ。

「春日井さんたちが素晴らしい仕事をされてきたのはわかりました。でもこういうのって、自分たちの意志で、自分たちで立ち上がってやるべきだと思います。その土地土地によって状況が違うんだし、外の人間からとやかく言われたくないです」

「ならば竹内さんが立ち上がりますか？」

「春日井さんのおっしゃるとおり、二十年後ぐらいのことを考えたら、どうにかすべき時期は過ぎてしまって、早く手を打たなくてはならないのかもしれません。でも急に物事を動かすと反動も大きいと思います。行動を起こすときがきたら、皆と相談しながら良い方向に動くように努力します。でも、急にそんなことを聞かれても、今ここでやるかやらないかなんて意思表示はできません。答えを誘導したいんだろうけど、僕は乗りませんよ。僕たちは自分たちの生活のペースで生きているんです。春日井さんにとってはのんびりしているように見えるのかもしれませんけど」

　竹内は明確に拒否の姿勢を示した。言い終える頃には語気が少し荒くなっていたのを自覚していた。

　竹内は、春日井に腹が立っているのだ。突然現れて、大好きなこの街の問題点を指摘して、だから俺の言うとおりにしろなんて横暴すぎる。

「商店街の皆さんは、きっと竹内さんと同じ気持ちなんでしょう。悠長に構えてたら、気づいたときには取り返しがつかないことになってしまう事案だと考えています。我々にはそれらをどうにかする手立てがあります」

「力を借りることはないと思います」

「竹内さんは話を聞いてくれましたし、若い世代の代表とするならば、危機感も現実味を帯びてきたのではないでしょうか？」

　表情が強《こわ》ばる竹内とは対照的に、春日井は余裕のある態度だ。

「商店街の人たちと俺との間に挟まれて居心地が悪くなってしまったかもしれませんが、我々の事業案を抜きにしても、一度冬真くんや小春ちゃんの将来やこの街の在り方を、真剣に考えてみるといいと思いますよ」

　春日井はそう言い放ち、カップに残っていたコーヒーを飲み干してから立ち上がった。

「ごちそうさまでした。淹れてくれた人の気持ちが伝わるおいしいコーヒーでした」

「嫌味ですか？」

こんなやり取りのあとにそんなことを言われても、竹内には褒め言葉には聞こえなかった。

「いえ、言葉どおりに受け取ってください。ぜひまた飲みたいです」

会計を済ませて春日井は出ていった。竹内と交渉をするつもりはないらしい。

店に一人になってから、竹内はカップや皿を洗いながら先ほどの春日井の言葉を頭の中で何度も繰り返した。

冬真や小春が二十年後に、この街で生活をしたいと思うのか。住みやすい姿のまま残っているのだろうか。

店主のほとんどが孫のいる世代の集合体である商店街は、その頃まで残っているのか。

水を流しっぱなしのままぼうっとしてしまい、手からソーサーを落としてしまう。幸い割れなかったが、大きな音がして竹内は自分で驚いてしまった。

「はぁ……。やっぱり聞かなきゃよかったかな」

突破口を、竹内という場所に作られてしまった気がしてならない。

やり手のビジネスマンの口八丁手八丁に、竹内が敵《かな》うはずがなかったのだ。

よく晴れた五月の爽《さわ》やかな日曜日、竹内は小春を連れて冬真の試合を観戦していた。冬真は小学校の保護者たちで運営されているサッカークラブに所属しているのだ。

店は月曜日から土曜日の営業で、日曜日は定休日にしている。低学年なので公式戦の試合数は少なく、今のところ当番や遠征の引率も問題なくやれているのは、周りの保護者たちの協力があるからだ。ポジションの意識はまだ少し早いようで、敵も味方もボールが転がる方向に一斉に群《むら》がっていく様がかわいらしい。

「まーくんは、きょうはごーるしないの？」

小春は竹内を見上げる。

用心深い子なので竹内から決して離れないし、手もぎゅっと握《にぎ》ったままだ。男女の差なのか性格によるものなのか。ちょっと目を離すとすっ飛んでいってしまう冬真とは正反対だ。

「ゴールしてほしいね。いっぱい応援しよう」

「うん」

まーくんがんばって、と小春は大きな声で冬真を応援し始める。竹内も一緒になって冬真に声援を送っていたら、ほかの保護者からも激励が飛んできた。

息子や娘の活躍《かつやく》を見に来る父親も多くいる。どの子の親なのだろうという程度の軽い気持ちと、すぐ後ろから声がしたので、竹内は深く考えずに振り返った。

「あ……」

竹内はぽかんと口を開いたまま固まる。

想像もしていなかった人物だったのと、見覚えのある姿ではなかったため、一瞬「あれ？」と首を傾《かし》げた。しかしすぐにイメージが繋《つな》がって、竹内は呆気に取られてしまったのだ。

「……春日井さん」

なんでこんなところに？

という思いを込めた目を向けると、竹内の意図を正確に受け取った春日井が口を開いた。

「たまたま通りかかっただけだよ」

春日井は「ほら」と手を小さく左右に広げた。

襟《えり》付きのラフなシャツとジーンズ、足もとはスニーカーだ。髪の毛もセットされておらず、完全オフ仕様で実年齢よりかなり若く見えた。

スーツ姿のときはやり手のビジネスマンの貫録があるし、私服のときはファッション雑誌から抜け出してきたような佇まいだ。竹内は春日井に思わず見惚《みほ》れてしまった。

春日井が小春に笑顔であいさつをするも、最初小春は相手がだれなのかわかっていなかった。そのぐらいがらりとイメージが違うのだ。

「どうも……、こんにちは。仕事の話は聞きませんから」

竹内はそっけなく言って、グラウンドのほうに視線を戻す。

偶然とはいえ、なんで唐突に現れるのだろう。

計画の話を持ち出されたら窮地に追い込まれてしまいそうだから、できれば会いたくなかった。

とはいえ冬真に声援を送ってくれるのはうれしかった。それは応援された本人も同じ気持ちだったようだ。よく通る春日井の声は冬真の耳にしっかりと届いたらしく、こちらを見てにこにこ笑顔を返してくれた。

竹内と小春がいくら応援しても気がつかなかったのに。

少々寂しさを感じながらも、竹内は冬真の笑顔に手を振った。

「俺だって休みの日ぐらい仕事から解放されたいよ」

背後にいた春日井が、竹内の隣に並んだ。

根っからの仕事人間なのかと思ったら、意外とそうでもないらしい。オンとオフをうまく使い分けるタイプのようだ。その証としてなのか、今日の春日井は敬語を使っていない。

そうされることで、竹内は春日井との距離が縮まったように感じてしまう。

春日井は竹内の店に食べに来ただけの客だし、この街を壊そうとしている存在なのに、仕事着であるスーツを脱いでフランクな話し方で接してこられると、親しみを感じてしまうのは、条件反射か生活習慣か。

この場所が店の中だったらもう少し話に付き合ったかもしれないが、春日井が仕事ではないというのであれば、こっちだって今は仕事中ではない。

竹内は無理やり自分を納得させ、試合に集中しているふりをして、春日井の存在を無理やり視界の外に追いやった。

しかし本来竹内は人と話をするのが好きだし、知っている人が隣にいるのに話しかけない今の状況には、自身を納得させようとしてはいてもやはり引っ掛かりを感じてしまう。

仕事ではないとは言いながら切り込んでくるかもしれないし、竹内にそうと気づかせずいつのまにか事業案について納得させられてしまうかもしれない、という警戒心が強く働いている。悪いな、という思いを抱きつつも、春日井と話をするとあちらのペースに引きずり込まれてしまいそうだから、話をしないのが一番なのだ。

見た目や話し方など、雰囲気に騙《だま》されてはいけない。春日井は竹内の大好きなこの街を変えようと企んでいるのだから。

竹内は心の中であらためて自分に言い聞かせた。

しかしどうにも居心地が悪くて、小春の手を握っていた手に、無意識に力が入ってしまっていた。

不思議そうな顔をして小春が竹内を見上げてくる。

ごめんね、と下に視線を落とした竹内に、春日井が言った。

「見知った子の応援をしてはまずいか？」

ここは都が管理している運動場だし、通りすがりの人が立ち寄ってはいけないなんて決まりもない。いちいち竹内に確認を取るべき内容ではないことぐらい、おそらく春日井もわかっているはずだ。積極的に会話をしようとしない竹内の意図を読み取った上での行動だろう。

「いえ、そんなことないですよ。冬真もうれしそうですし、ありがとうございます」

竹内はそう言うほかない。

試合中なのでこの場所から動けないのがつらい。

とくにどうしようというつもりはないけれど、糸口が見つからないかと思い、竹内は周囲に目を向けてみる。

あれ……？

周りの人たちが竹内を見ているような気がした。見覚えのない女性たちなので、余所の小学校の保護者だろう。

よくよく見れば、彼女たちの視線は竹内の隣に立つ春日井に向けられているように感じた。春日井が人の目を引く容姿をしているからだろう。だれのお父さんなのだろう、という純粋な好奇心であるように感じた。

「視線が痛いな」

困惑する竹内に気づいた春日井は苦笑いした。

春日井ほどの目立つ容姿なら、他人から向けられる視線には慣れているのではないか。

などとのんびり構えていた竹内は、続く春日井の言葉に驚かされる。

「俺と一緒に応援していたら、竹内さんの立場が悪くなってしまうな」

「どういうことですか？」

竹内はあらためて周囲を見回す。見知った顔を見つけて会釈《えしゃく》をすると素っ気なく返されて、首を傾げる。

仕事を持っているし、休日は休みたいと思う人もいるのだろう。子供の試合観戦に来るのは母親が多い。

現場まで来る数少ない男親同士で仲間意識のようなものが芽生えるし、年齢差があれど見知った人たちなので親しくなり、自然と集まって観戦するようになる。普段ならば顔を見ればやあやあとお互いに近づいていくのだが、今日の彼らはどことなく他人行儀な気がする。

子供の父親だったり祖父だったり、といった顔見知りの人たちのこちらの様子をうかがう顔つきは、どこかよそよそしい。連れがいるから、遠慮して声をかけてこないのかもしれない。

「嫌な言い方をすると、スパイと思われているのかもしれない」

「スパイ？　僕が？」

「スパイじゃなければ、言いくるめられてこっちに都合よく動くコマになるかもしれないと思われているとか」

「そんな、考え過ぎですよ」

　彼らはそんなに嫌な人たちではない、ということは住民でもある竹内が一番よく知っている。竹内が知っている限りではあるが、大きなトラブルが起きたことも記憶にないのだから。

　たしかに違和感はあり、彼らがこちらを気にしている様子は伝わってくるが、そこに悪意は微塵《みじん》も感じない。春日井にはネガティブに伝わってしまっているのかもしれないが、長い付き合いの竹内だからこそわかるのだ。

　春日井が言うようなスパイだなんだという話も、心配する必要がない。ひょっとしたら一人二人ぐらいはそのように考える人がいるかもしれないが、竹内にその意図がないのだから堂々としていればいい。

「じゃあな」

　春日井は手を振って、グランドを去ろうとする。

「帰るんですか？」

　竹内は慌てて振り返り、思わず呼び止めてしまう。

「竹内さんが悪者にされたら俺も本意ではないからな」

「別に、大丈夫ですよ」

そういう言い方をされると、まるでこっちが悪いことをしているような気持ちにさせられてしまうではないか。彼にたいしても誤解されたままでは、それは竹内の本意でもない。

「本当に仕事じゃないって言うなら、堂々としてればいいじゃないですか。この状況で帰ったら、うしろめたいからなんだなって逆に思われると思いますけど」

用事があるかもしれないし、立ち去る理由なんてどうでもいいはずだ。いくらなんでも商店街の人たちはそこまで詮索してくるとは思えない。

「引き留められてしまったな」

春日井は口元に笑みを浮かべて戻ってくる。

「なに笑ってるんですか？」

「いや、竹内さんはいい人なんだなって思って」

「いい人、って。別に普通ですよ」

「そうか？　周囲の反応を気にしたり自分の立場を守ろうとしたりして疎遠になるなんて、めずらしい話でもない」

春日井の言葉が本当なら、竹内を守ろうとしたことになる。ビジネスに関しては受け入れがたい提案をしてきたが、冬真や小春たちへの態度を見るに、それ以外の部分ではきっと悪い人ではないのだろう。でも気を遣えるならば、そもそもグラウンドに来てほしくなかった。ここで話をしなければ、いい人だという認識を持たずにいられたのに。

「俺や竹内さんがよくても、冬真くんや小春ちゃんのほうになにか起きたらかわいそうだ。親の地位だったり親同士のいざこざで子供がいじめられたり、なんていうのもよくある話だしな」

「よく、なんてないですよ。疎遠になったりいじめに発展したりなんて、僕の周りにそんな人はいません。春日井さんの周囲はどういう環境なんですか」

春日井の突飛な発想に、竹内は目を丸くした。

身内のような気安い人間関係で構成されている地元から出たことがないから、というのが理由なのかもしれないが、竹内は二十五年生きてきて、人間関係で嫌な思いをした経験がない。

「どういう環境、か。親の職業が影響する、とでもいえばいいか。官僚、大企業の社長、医者、ほかにもいろいろ。いい人間もたくさんいるが、そうではない人間も多くて、まあいろいろ面倒くさいんだよ」

春日井の父親は、春日井の会社の親会社である鉄道会社の経営者なのだそうだ。かなり大きい企業だし、春日井の言葉が本当ならば、どちらかというとピラミッドの上のほうに属していたのではないだろうか。

そのほかに挙がった職業の人たちは、一般的には所得が高く社会的地位もある。いわゆる上流階級者だ。これまでの竹内の人生には無縁の人たちだったからまるで想像がつかないのだが、ぎすぎすしているのだろうか。

「いい人と付き合えばいいんじゃないですか？　春日井さんなら女性にもモテるでしょうし」

「俺がモテるんじゃなくて、俺の背後にあるものがモテるんだよ」

「そういうの全部含めて春日井さんなんじゃないですか？」

春日井にも上流階級の悩みや苦労はあるのだろうから、竹内の基準で語っても意味がないだろう。けれど産まれる場所は選べないのだから、いっそのこと、バックグラウンドごと人生を楽しめばいいのに。

「竹内さんはきっと素直な性格なんだろうな」

唐突に春日井にそう言われてぎょっとする。どの話からの流れでそうなるのか。

「褒めてます？」

ひょっとしてからかわれているのか？

竹内は眉根を寄せて春日井を見上げる。

「もちろん。言葉どおりに受け取ってほしいんだが。前も同じように聞かれたことがあったが、案外疑り深いのか？」

「違いますよ。春日井さんがどういう人なのかまだわからないから、ひょっとしたら言葉に裏があるのかもしれないって思ってしまうんです」

「それを口に出す素直な人は、自分の周りにはいなかったタイプだ。皆が皆竹内さんみたいな人だったら、俺も気が楽なんだがな」

「知り合いは多そうなのに、気が合う人が一人もいないなんてありえないですよ？」

「たしかに俺に寄ってくる人間は、男も女も多くいる。でも、本当の意味で俺を信用しているとか好きだとか、そういう相手にはお目にかかったことがないんだ」

軽口をたたいて見せる春日井だったが、その瞳がうっすらと陰《かげ》ったように見えたのは、竹内の思い過ごしではなさそうだ。さっき春日井が話していた、背後にあるものの存在が大きすぎるのかもしれない。

その日の夜、竹内は春日井の会社の名前で検索してみた。

ホームページを読んでみると、ここ数年で立ち上げた若い会社で、母体となる親会社と比べると資本金や従業員数はかなり少ないが、業績は伸びているし、結果もそれなりに出しているようだった。やり手だろう、という竹内の印象は間違っていなそうだ。

ついでに春日井のフルネームで検索してみると、社名とともにトップに出てきた。スクロールすれば画像もいくつか見られた。

記事の中身をいちいちのぞかないが、並んでいる項目を見るだけでもかなりの情報量だった。出身校などこれまでの経歴だったり、有名な女優との恋が噂《うわさ》されたという数年前の記事もヒットしたりする。

「社長っていったって芸能人じゃないのに、ちょっと調べただけでこんなにプライベートのことが出てくるなんて……自分だったら嫌だな。社長だからしょうがないのかなぁ」

パソコンに向かったまま、竹内は独り言をつぶやく。

本当の意味で自分を好きだと言ってくれる人がいない、と春日井は言ったが、では逆に、春日井には好きな人はいなかったのだろうか。出会いは多くあるだろうし、綺麗《きれい》な人だったり気づかいができる人だったり、素敵な女性はたくさんいたに違いない。それでも、春日井は信頼できないのだろうか。だとしたら、環境がそうさせたのだろうけれど、ちょっとかわいそうな人だ。

「好きな人、か」

そういえば、竹内にもそんな人はいない。冬真と小春と喫茶店経営で手一杯で、恋愛にまで意識が向かないのが現状だ。それに、きっと、幼い二人ごと受け入れてくれる人なんていないだろう。そもそも竹内がそれを望んでいないのだから。冬真と小春が大事なので、恋愛は当分いらない。

竹内にはあって春日井にはないもの。それはきっと信頼できる相手だ。今の竹内には冬真と小春がいて、商店街の人たちに支えられて生きている。この地域ぐるみの付き合いの重要性を、春日井には理解できないのだろう。だからこそ簡単に開発を持ちかけてくるのだ。

多くの人たちが親や祖父母、さらにその上の代からこの街に住んでいる小さな社会だからこそまとまりがあって、皆が温かくて、他人にも優しくできるのだと思う。

竹内はやはり今住んでいる土地が、自分たちを取り巻く人間関係が、好きだ。春日井の言う問題点も耳に痛いが、他者のテコ入れによって穏やかな暮らしを掻《か》き回してほしくない。

ただでさえ一度大きく環境が変わってしまった冬真にもう一度環境の変化を味わわせたくないし、両親の記憶がない小春にも、せめて成人するぐらいまでの間は、父のものだったこの店を遺してやりたい。

幼い冬真と小春を守れるのは竹内だけだ。店を潰《つぶ》したり移転したりなんて、ぜったいにさせない。

その気持ちに変わりはないが、春日井の内側に少し触れて、本音が見え隠れしていて、放っておけないような気分にさせられてしまったのも事実だ。

「なんだかなぁ、もう……」

信頼できる人、好きと言う人などいない、なんて断言してしまうなんて寂しい。世の中、いい人だってたくさんいることを知ってほしい。今まではたまたまそういう人が春日井の前に現れなかっただけなのだ。

どうしたらわかってもらえるだろう、なんて竹内が考えることではないのだけれど。

春日井の言葉がしばらくの間、竹内の頭から離れなかった。

幼なじみの賢吾は、仕事が終わると竹内の店に頻繁《ひんぱん》に食べにくる。作業着で頭にタオルを巻いて、一日働いてきた姿だ。

友人だからといってサービスは求めずきっちり支払っていくので、せめてお礼に、とコーヒーのおかわりだけは受け取ってもらっている。ストレートは苦手で、牛乳で割ったカフェオレが好きだ。

賢吾は跡取り息子で家の仕事を手伝っており、実家に住んでいるのだから、自宅で食事をしたほうが経済的なのに。

しかし賢吾に言わせれば、一日中顔ぶれが同じなのは息が詰まるのだそうだ。外で食事することで気分転換になるらしい。

竹内も気心知れた友人と話ができるのはうれしい。

冬真と小春には、店の状況を見ながら六時頃に夕食を食べさせている。普段は賢吾が店にやってくると部屋から出てきて遊んでもらう場合が多いのだが、今はなにやら二人だけの遊びに夢中らしく、時々、二階からどたばた足音が聞こえてくる。

「なあ秋人、前から気になってたんだけど、ドア歪《ゆが》んでんぞ？」

食事を終えて二杯目のカフェオレを飲んでいた賢吾が、急に思い出したように言った。

「そう？　普通に開閉できるけどな」

「下見てみろよ……って今は外が暗いからわからねえか。店の電気消して」

竹内は賢吾に言われるまま、一度店の電気を消してみる。

「ほれ、街灯の明かりが入ってきてる」

「ホントだ。気にしたことなかったんだけど」

「んで、上はきっちり閉じてるだろ？」

竹内は足もとから頭上に向かって視線を移動させる。

賢吾の言葉どおり、上は隙間がないのに下は浮いていた。

「これって木が変形しちゃったの？」

「いや、蝶番《ちょうつがい》が緩んでるだけだ。この建物もだいぶ古いみたいだからなぁ。ほら、これ見ろ」

賢吾はドアの下部に付いている錆《さび》ついた蝶番をつかんで軽く揺すって見せる。

「少し緩んでるね。壁のシミとか床の埃《ほこり》とかは気づいても、こういう部分まではなかなか目がいかないよ。言われなきゃぜんぜん気づかなかった」

「次の日曜日にでも直してやるよ」

賢吾はよく言えばおおらかなのだが、つまり大雑把で適当な性格だ。しかし職業柄か、この手の不具合はすぐに見つけてくれる。余り資材で棚を作ってくれたり家の中の修理をしてくれたりと、とても頼もしい。

竹内はその場を離れ、電気をつけに行く。

「賢吾、いつもありがとね」

店内が明るくなり、賢吾の顔がしっかり見える状態になってから礼を言った。

「な、なんだよ、あらたまって言うなよ。照れるだろ。ドアの修理とか、普通だし」

賢吾は恥ずかしそうに頭をかく。

賢吾は外見が派手でチャラ男に見えるが、褒められたり、サプライズで誕生日パーティーをやってあげたりすると顔が真っ赤になってしまうぐらいの照れ屋だ。その顔が見たくて、いつも友人たちとなにかと計画を立てて賢吾を驚かせている。

幼稚園から大学まで、竹内はたくさんの友人たちに出会ってきたが、生まれてからずっと一緒にいる賢吾をはじめとする友人たちはとくに特別な存在だ。

今は皆それぞれ仕事を持っているし、中には地元を出てしまった人もいるので、会う機会は減ってしまった。しかし時間さえあれば賢吾のように竹内の店に遊びにきてくれたり、休みが合えばバーベキューや花見、忘年会や新年会などをしたりして、付き合いはずっと続いている。彼らとは、兄弟とは違うのだが、ただの友人よりは親密な、大切な幼なじみたちだ。

「請求書、ちゃんと持ってきてよ」

「わかってるよ」

「言わないと、賢吾はあとでいいとか言ってそのままにしちゃうじゃん。仕事なんだし、そこはちゃんとしてよ」

「わかったってば。秋人は口うるさいなぁ」

賢吾はぶすっとした顔のまま、壁にかかっている時計に目をやった。

「客いないからもう閉めるか?」

時刻は午後七時の少し前、三十分後には店を閉めるため、そろそろラストオーダーだ。

冬真と小春の世話もあるので、この時間帯に客がいなければ七時過ぎには店を閉めてしまうのを、賢吾は知っているのだ。

「うーん、どうしようかなぁ」

とはいえ厳密に時間を決めているわけでもないので、シンクの中を片づけつつ、賢吾と他愛もない話をしていてもいい。店の中に人がいると客を呼ぶこともある。

冬真や小春がいなければ、竹内も大学の友人たちと一緒に就職試験を受けて、今頃は会社勤めをしていただろう。しかし、人生というのはなにが起こるかわからない。

すべてを自分でしなければならない自営業はいろいろと大変ではあるが、今の自分の置かれている状況を考えれば、自分のペースで仕事ができる喫茶店経営は、冬真や小春にとって、また竹内にとってもよかったのだろうと思っている。二人が帰ってきたら必ず竹内が家にいる。なにかあればすぐに竹内は駆けつけられるのだから。

「もういいよ。どうせ来ねえから閉めちゃえよ。札クローズにしてくるな」

賢吾は竹内の返事を待たずに外に出ていった。

勝手知ったる竹内の店。建物の前に出している看板の重石をどかして中に入れ、札を引っくり返す。

「さーせん、今日はもう終わっちゃったっす。またお願いしゃす」

賢吾はドアから首だけを外に出し、店にやってきただろうだれかに話しかけている。一応敬語を使っているので、近所のだれかではなさそうだ。

「賢吾、大丈夫だよ。ご案内して」

厳密に言うとまだラストオーダー前だったから、と竹内はカウンターの内側から賢吾に声をかけた。夕食の時間帯に喫茶店に入ろうとするぐらいだから、かなり腹を空かせている可能性も考えられるのだ。

「てかお前っ。なにしに来たんだよ。帰れっ」

賢吾が相手に、唐突にケンカを売り始めた。

賢吾の知り合いなのか？

竹内は慌てて駆け寄り、ドアの向こうの相手の顔を見る。

「春日井さん……」

どうして来たのだろう。

春日井の訪問はいつも唐突だ。

ここは喫茶店なのだから、コーヒーを飲みにきたのだろうと考えるのが普通だ。けれど、きっと違う。

「あ、あの、どうぞ……」

「秋人、こんなやつ店に入れんなよっ！」

春日井を通そうとする竹内に、賢吾が声を上げた。

しかし先ほどカウンターからかけた声は春日井にも届いているだろう。顔を見てから拒否するなんて強気な真似は、竹内にはできないのだ。

「閉店は七時半だからな」

店主である竹内がどうぞと言っている以上、どうすることもできない賢吾は、ふんと鼻を鳴らし店の中に戻った。

「ラストオーダーの時間だったんだな」

スーツを着ているのでビジネス仕様のはずなのに、今日の春日井は言葉遣いがラフだ。仕事が終わったから、オフモードなのだろうか。

「こちらには仕事でいらしたんですか？」

「まあ、話を進められればよかったんだけど、相変わらず取り付く島がなくて」

春日井は肩を小さくすくめ、眉を下げた。

賢吾に嚙《か》みつかれたから入りづらいのだろうか。その場から動こうとしない春日井に、竹内はドアを大きく開けて促す。

「どうぞ」

「いや、彼に歓迎されてないみたいだし……と言うと彼が悪者になるから、今のは聞かなかったことにしてくれ。俺だけのために店を三十分開けさせるのも申し訳ないから、また今度くるよ」

「いえ、大丈夫ですよ。計画の件で商店街の人たちが春日井さんのことを快《こころよ》く思ってないのは確かなんですけど」

ぽろりと本音を漏らした竹内を見て、春日井はあっけに取られたような顔になる。

「……あっ、今のなしっ。すみません聞かなかったことにしてください」

竹内は慌てふためき自分の言葉を撤回する。

他人から言われるまでもなく、春日井自身がわかっているだろうに、竹内がだめ押ししてどうするんだ。

「じゃあ、お互いに聞かなかったことにしよう」

あわあわしている竹内とは対照的に、春日井は声を出して笑った。くしゃくしゃになっている顔は、当初抱いたやり手ビジネスマンの印象を払拭《ふっしょく》するぐらい親しみやすく見えた。

竹内より十歳も年上の大人の男性に、こんなふうに言ったら失礼だろうか。でも笑顔がかわいい人だな、と思った。

「今日は帰るよ。ありがとう。また来ていいか?」

竹内は春日井を一度は引き留めたが、敵意を剝《む》き出しにしてきた賢吾が店の中にいたので、やはり入るに入れなかったのだろう。

また来ていいのかと聞かれて、どうしてノーと言えるのか。

竹内の返事を確認し、春日井は駅の方向へと切り返した。

心臓が無駄にどきどきするのを感じながら、竹内はぴんと伸びた背中を見送る。

まだ何回かしか会っていないが、これまでの行動と、あえてコーヒーを飲んで賢吾を煽《あお》るのではなく一歩引く、という今の春日井の行動を見るに、傲慢で人の話も聞かないタイプではなさそうだ。少なくとも汚い人間には見えない。

たとえば大枚をちらつかせて立ち退きをさせたり、会長を取り込んで思うように商店街の意見をコントロールしたり、といった工作は仕掛けてこないような気がするのだ。

あくまで正面から切り込んでくるのであれば、逆にこちら側も向き合ってきちんと話し合いの場を持てば、解決の方向にうまく進んでいくのではないだろうか。

商店街の人たちだって衝突は望んでいないのだ。門前払いもいいけれど、自分たちの思いは伝えるべきだ。その上で、春日井に引いてもらえれば円満解決だ。

「なんであんな奴入れようとしてんだよ」

賢吾はカウンターにひじをつき、唇を尖《とが》らせている。

「あんな奴、って。春日井さんだって……、ほら、一応お客さんだから」

お客さんだから。

正しい答えのはずなのに、竹内はそれを口にするのがためらわれた。

「そういえば秋人、お前この前あいつと冬真の試合見てたんだってな。なに仲良くなってんだよ。今日店に入れようとしたのだってそういうことだろ？」

「ち、違うよ。あ、違わないけど、たまたま会っただけだし」

「たまたま？　あいつこの辺に住んでんの？」

「どこに住んでるかなんて知らないよ。僕だって賢吾たちが知ってる情報ぐらいしか持ってないって。ただ、前に食べに来たことあるから少し話をしたぐらいで」

「なに話したんだよ」

賢吾の語気がなぜか刺々しくて、竹内は気圧《けお》されてしまう。

普段はこんなふうに尋問はしてこないのだが、やはり自分たちが住んでいる街の存続に関わる事柄なので、賢吾も気が気ではないのだろう。皆ここを愛しているのだから。

竹内は春日井から聞いた話、土地開発の理由やコンセプトを簡略して賢吾に伝えてみた。

言っていることは間違っていないが、受け入れられないので、企業側には加担しない。ただ、今まで考えたこともなかった不安が浮かび上がってきたのも本音だ、という話を。

「冬真や小春だけじゃなくて、今の子供たちの将来ってどうなってると思う？　賢吾もこれから結婚して子供産まれてって考えて、たとえば、二十年後ぐらい」

「どうなって、って、今と変わんねえんじゃね」

「僕もそう思ってたよ。でも二十年前と今じゃ全然違うじゃん。昔は人がいっぱいいたし、同級生もたくさんいて、にぎやかだっただろ」

「まあ、そう言われてみればそうだけど」

「僕は持ち家だし、もしも店を畳むような事態になったとしてもここから出ていくつもりはないけど。でも春日井さんの話を聞いて、今から二十年後の姿を想像したときに、冬真や小春ってここの街に住んでるかな、とか思っちゃって。ついでに自分の人生もさ。なんか不安になっちゃったよね」

竹内は賢吾の隣に腰を下ろした。

「うちは賃貸料がないし、なじみのお客さんがたくさんいるからまだやっていけるけど、店の経営ってやっぱりいろいろ難しいしさ」

不安や愚痴を吐き合える友達がいる。昔からずっと一緒で、これからだってなにも変わらない。

竹内はそう思っていたけれど、その根拠なき自信が、春日井の登場によって揺らいでしまったのだ。

「大丈夫だって。俺がいるだろ？」

賢吾は竹内の背中をばんばん叩いて励ましてくれる。

「そっか、賢吾がいるから大丈夫か」

「そうそう、超ピンチになったら冬真と小春もまとめて俺が助けてやるから、秋人は心配すんなよ。ここらのじーさんたちみたいに、俺もじーさんになっても、ほかの奴らもだけど秋人ともずっと一緒にいたいし」

賢吾の言葉ひとつひとつが身に沁みてくる。友達思いで、優しくて、頼もしくて、竹内の大切な友人だ。

「ありがと、賢吾。賢吾みたいな友達がいて、俺って本当に幸せだよ」

竹内もまた賢吾の背中に腕を回し、ぽんぽんと軽く叩き返した。

落ち込み気味だった竹内の気持ちが少し浮上する。

賢吾の明るさは、周りごと心を温かくしてくれるのだ。

「友達ってか、いやまあ友達だけどさ。……なんていうか」

賢吾はなんだか納得のいかないような口調で、なにやらぶつぶつ言っている。

友達じゃなくて親友と言ったほうがよかったのかな?

言い直そうかと思ったが、賢吾は飛び跳ねるように椅子から降りてしまった。慌てているように見えたので、急ぎの用事を思い出したのかもしれない、と思い会計をした。

竹内は賢吾を、ドアまで見送りにいく。店の外に一歩出た賢吾は振り返る。いつになく神妙な顔つきをしているので、竹内は変に緊張してしまう。

「あのさ、あいつが食いに来たとか事情はあるんだろうけど、あんまり親しくなるなよ。あいつはきっと秋人に取り入って、そこから話を広げていこうとしてるんだよ。あいつは裏表があるような気がする」

「何回か話したけど、裏表はなさそうに感じたけど?」

「そう思わせるのがあいつの作戦なんだよ。秋人は人がいいからな。騙されんなよ」

「過去に騙された経験なんてないじゃん。賢吾は心配しすぎ」

敵なので、疑心暗鬼になるのも仕方がない。警戒に警戒を重ねるぐらいがいいのだろうし、竹内だってそうしているつもりだ。

「春日井さんが僕を懐柔したところで、どうこうできる問題じゃないでしょ。皆の意見が大事だし、僕は皆を説得するつもりもないし。将来に不安を覚えたし、なんとかしなくちゃいけないとも思ったのも事実だけど、開発には最初から反対だよ。どれだけ丁寧に説明されても、どれだけ春日井さんと親しくなろうとも、その気持ちだけは動かないから安心してよ」

「ならいいんだけど。どっちにしろ、あいつには気をつけろよ」

なにをそんなに心配しているのか、竹内には賢吾が謎だった。

敵対する相手なのだから、必要以上に関わるな。そういうことなのだろう。

賢吾の考え方も決して間違っているわけではないので、竹内は「わかった」と返事した。すると賢吾はほっとしたような表情を見せた。

お互いがお互いを助けて、支えて、この街はそうやって発展してきたのだ。先人の知恵を借り、アイデアを出し合って、今度は竹内たちが次の世代に引き継いでいく。竹内にはそれを一緒にやっていく仲間が、賢吾やほかの幼なじみ、友人たちがいるのだ。不安を感じている暇があったら、前を向いて歩いていこう。

春日井の言葉の数々によって考えさせられた竹内は、商店街の今後について、時間の流れに身を任せていてはならないと思うようになった。そうこうしているうちに、近い将来確実に衰退《すいたい》してしまうのだから。

そのためにはまず、自分たちになにができるのか。

いくつもの街を作ってきたプロフェッショナル集団に勝る案は、おそらく出ないだろう。資金も人材もない。しかし外部の人間である春日井の手を借りて本意とは異なる方向に押し進められてしまうぐらいなら、自ら知恵を絞り出して実践していくほうが、商店街の人たちも納得するはずだ。ここにはここに合ったやり方があるはずだ。

まずは春日井の手がけた商業地区や住宅地を見に行こう。

竹内はドアの修理に来てくれた賢吾を誘い、蝶番を交換し終わってから二人でいくつか回ってみることにした。冬真と小春は賢吾の家で面倒を見てもらっている。

やってきたのは、人が多くて交差点を渡るのもひと苦労の、若者のファッションの発信地でもある最先端の街だ。

「こういう場所見て回っても、ノウハウないと同じにできねえじゃん」

賢吾は竹内の行動には懐疑的だった。

せっかくいいアイデアが浮かんだとしても、自分たちの力でやれなければ意味がない。賢吾の意見はもっともだ。

「同じにしたいわけじゃないし、同じにだってならないよ。ノウハウもないし、なにをしていいのかわからないからこそ、いろいろなものを見たらきっかけがつかめるかもって思うんだよね。それができるかどうかはまた別の話だよ。できないなりに別の案が生まれるかもしれないし」

「まあ、そういう考えもあるか」

「そうだよ。どうせゼロなんだし、一以上になってもマイナスにはならないんだから、無駄じゃないよ」

とはいえ商業の中心地は、あまり参考にはならないだろう。地元密着型と地方から人が集まる場所とでは条件がまるで違う。竹内がここにやってきたのには、ほかにも理由があった。

路地裏だったり駅から離れた場所にあったり高級感が漂っていたりと、扉を開けるのにひと呼吸必要な店をいくつかチェックしてきている。冬真と小春を預けて出てきたので、竹内はせっかくだから飲食店巡りをしてみたかったのだ。

「賢吾、カフェ行かない?」

「さっきも入ったじゃん。腹ちゃぽんちゃぽん言ってるし」

賢吾は薄っぺらい腹をTシャツの上からなでさする。

「そっか。さすがにお腹いっぱいだよね」

「秋人って痩《や》せてるくせに大食いだよな」

「賢吾が少食なんだよ」

竹内はまだカレーでもラーメンでもいけるが、さすがにさっきの今では無理だという賢吾の気持ちはわかる。

「まあ行くこと自体は全然嫌じゃねえんだけど、ドリンクだけでも、飲めないのに注文するのもったいねえじゃん？　行きたい店あるなら秋人だけで行って、別行動してあとでどっかで合流でもいいぜ？」

「でもそれだと賢吾のこと待たせちゃうから、また今度にするよ」

「俺もどうせアキバ行きたいと思ってたし、あそこでだったら何時間でも時間潰せるから大丈夫だって」

「無理してない？」

「全然。嫌だったら嫌だって言うし。今さら遠慮するような仲じゃねえだろ」

「ありがとう。じゃあ一軒だけ、どうしても行ってみたい店あったからそこだけ。並んでるかもしれないから、ちょっと時間はわからないんだけど」

「いつでも平気。終わったら電話くれよ」

竹内と賢吾は途中まで一緒に電車で移動して、それぞれの目的地に向かった。

住宅地の中にぽつんとある隠れ家的な喫茶店だが、いつも混雑しているという情報のその店に、タイミングよくすぐに入れた。

おいしいお茶に満足して、そろそろ出るつもりで賢吾に連絡をしようとしたら、賢吾からメールが届いていた。

秋葉原で高校時代の友人たちと遭遇したらしく、飲みたいから竹内も一緒にどうだ、という内容だった。

竹内と賢吾は高校が別だったので、相手は当然知らない人たちだ。賢吾は気安い性格なので、仲間たちの中に誘ってくれるのはありがたい。しかし思い出話に花を咲かせるだろうし、青春時代を共有した人たちだけに通用する話もある。賢吾の友人だし、きっと竹内を受け入れてくれるだろうけれど、邪魔はしたくないので断りの返事を送った。

帰宅予定の時間まではまだ余裕がある。用事もないのですぐに帰って冬真と小春を引き取ってもよかったが、もう一軒行ってみたい欲が出てくる。

調べてきた店に入るもよし、ひと駅ふた駅程度歩いて開拓してみるのもいいだろう。

竹内は目的地を決めずに歩き出す。

あともう少しで梅雨がやってくるが、太陽の陽射《ひざ》しが柔らかくて風が気持ちいい。竹内が一番好きな季節だ。

渋谷《しぶや》から青山《あおやま》方面に向かって景色を楽しみながら歩いているとき、知らない携帯電話の番号から電話がかかってきた。

「はい、もしもし」

『――竹内さんですか？』

竹内は深く考えずに出てみると、電話の相手は春日井だった。

『ちょっと渡したいものがあって店に行ったんだが、だれもいなかったから電話してみたんだ。今は外なのか？』

店用に引いている回線にかかってきた電話は竹内の携帯電話に転送されるように設定してある。竹内は自分の携帯電話の番号を教えていないため、春日井は名刺に書いてあった番号にかけてきたようだった。

「そうなんです。今日は弟たちを近所の人に預けて出てるんです。今は表参道《おもてさんどう》かな、青山かな……そのあたりを歩いてて」

渡したいものとはなんだろう。事業案の新しい資料だろうか。しかしそれだったとしたら竹内ではなく高橋に持っていくはずだ。

竹内は首を傾げる。

なんとなく落ち着かなくて電話を切ってしまいたかったが、春日井が話を続けるため、竹内は切り上げるタイミングを失ってしまう。

『彼女とデート？』

「ち、違いますよっ！　友達と一緒に飲食店巡りしたんだけど、別れて今は一人です。小さい子がいると入れない店に入ろうかなとか思ってて……」

街づくりの参考にしようと思って出かけていた事実は伏せて、竹内は今日の経緯を春日井に説明した。

『次に行く店はどこか決まっているのか？　カフェか食事か』

「いえ、散歩しがてら、ぴんときた店に入ろうかなって思ってたので、とくには。今探していたところです。時間的に夕食かなって思ってますけど」

『ならば俺がよく行く店を紹介したい。一緒に行かないか？』

「え？　春日井さんと、ですか？」

『俺とでは不満か？』

「いえ、そういうんじゃなくて……」

実際には不満というよりも困惑の気持ちのほうが強い。遠回しに拒絶しようにも、ストレートに不満かと聞かれると、断るに断れない状況に追い込まれてしまう。

竹内は、できるだけ春日井と一定の距離を保っておきたいのだ。日曜日のプライベートな時間ならなおさらだ。

『じゃあ、ぜひ行こう』

しかし春日井は竹内のそんな気持ちなど知る由《よし》もなく、時間と場所を指定してくる。

オープンな性格なのだろう。竹内だって見ず知らずの人と話すぐらいどうということはないのに、相手が春日井となるとどうにも身構えてしまうのだ。


約束の時間の少し前に、ビジネスの中心部に建つ高層ビルの最上階にあるフレンチのレストランに着いた。

日曜日だというのに、春日井のようなビシッとしたビジネスマンたちが忙しそうにしている中、竹内はまずそのビルに入るだけでも挙動不審になってしまう。

時間が余っていたため建物内をぶらぶらしていたのだが、ビジネスマンだけではなくショッピングにやってきている人もいた。建物の中を歩いていた人たちの格好は、私服は私服でもラフな印象はなく、Tシャツにパーカー、ジーンズの竹内は浮いていないだろうか。

きょろきょろしながらどうにかエレベーターを見つけ出し、レストランのあるフロアに降り立ったとき、あまりの静けさに心臓がぎゅうっと絞られたように感じた。

かかってきた携帯電話の番号にショートメールを送ったら、先に入っててくれと返事が来た。

人生において一度も入ったことがない高級そうな店だ。一人で入るのは心細かったが、春日井の指示どおり店の中で待つことにしてレストランの前に立つと、店員が扉を開けてくれた。

きっと気づかれないようにしたつもりなのだろうけれど、彼が竹内の頭の上から足まで視線を走らせたのを見逃さなかった。向けられた瞳に批判的、いやそこまで強い感情はなくとも、マイナスの要素が含まれていれば、嫌でも気づかされてしまうのだ。

竹内も自分の店に客が入ってきたとき、その人の全身を見る癖がある。基本的には地元の客がメインとはいえそれ以外にも様々な人たちと出会うので、どういう人だろう、という単純な好奇心であり深い意味はない。ドアとカウンターの間には距離があるので視線を上下させなくてもぱっと見られるのが幸いだが、受け取る側の感情ひとつで不快にさせてしまう可能性もある。

自分も気をつけよう……。

竹内は気を取り直し、店員に告げる。

「あの、……二名なんですけど」

店員のその態度だけで萎縮してしまい、竹内はしどろもどろになり、いよいよ不審者だ。しかしそこはプロの仕事だ。店員は竹内の伝えた内容を聞き、入ってすぐの壁際の席に案内してくれた。

「お連れ様がいらしてからご注文になさいますか？」

「えっと、……はい。それでお願いします」

「かしこまりました。ではメニューはのちほどお持ちいたします」

店員は仰々《ぎょうぎょう》しく礼をして立ち去った。

春日井が来るまで放置してくれるのだろう。緊張してしまうので竹内にはそのほうがありがたかった。

出してもらった水を飲み、ようやく人心地がついた。

二人で座るにしては大きなテーブルには白のテーブルクロスと、その上に蔦《つた》のような柄が織り込んである真紅の布がかかっている。

明るい場所から入ってきたのでまだ目が慣れていないのもあるが、店の中はかなり薄暗く、テーブルの上のろうそくのほのかな明かりが映える。

夕食にはまだ少し早い時間ではあったが、店の中には何組も客が入っていた。人気の店なのだろう。

彼らは皆静かに会話している。こういう場では、皆どのような話をするのだろうか。

ドラマの中でしか見たことのない世界に自分がいて、なんとなく全身がむずむずする。そわそわして落ち着かなくて、竹内はスマホを取り出し時間をやりすごした。

「遅れてすまない」

春日井が早足でやってきた。竹内のときのように店員に案内されていない。

日中は仕事だったのか、春日井はスーツを着ている。

竹内はふと思い立ち、春日井に「入ってすぐの左の奥の席にいます」というメールを送ったばかりだった。時間でいうと春日井がこの建物に入ったか入らないかというような、ほんの数分前の出来事だ。事前に連絡を入れておいたため、広い店内で春日井は迷わず竹内の席までやって来られたのだろう。

「いえ、僕が早かったので」

竹内は腰を上げ、腕時計を見る。

春日井が指定してきた時間ちょうどだった。遅刻してきたわけではないので謝られる理由はないし、むしろ竹内のほうが早過ぎたので、逆にこちらこそ申し訳ない気分だ。

春日井が来てくれたことで、ようやく緊張感から解放されたと思ったそのとき。

「春日井さま、申し訳ございません」

春日井の後ろから年輩の男性が駆け寄ってきた。

静かな店にはそぐわない慌てた様子に、竹内は首を傾げつつ二人を見る。

「窓際の席が空いておりますので、よろしければぜひそちらにご案内いたします」

促された先には、嵌《は》め殺しの窓ガラスの向こうの眩《まばゆ》い光が一望できそうな席があった。

それを聞いた瞬間、春日井の眉根がわずかに寄った。

「いえ、申し訳ありませんが、今日はキャンセルします」

「春日井さま、お待ちくださいませ」

「竹内さん、行きましょう」

「え？　行くって……」

食事はどうするのだろう。

店に入っておいてやっぱり帰る、というのはいいのだろうか。注文をしていないので不可能ではないが、マナーというかなんというか、とにかく竹内は気が引けてしまう。食事中の客の視線がこちらに向けられていて、さらに困惑する。

しかし店員が必死に引き留める中、竹内は春日井に腕を引かれて店の外に連れ出されてしまった。

店の外に出て、出入り口のドアが完全に閉まって内と外が遮断されてから、春日井は追いかけてきた店員に言った。

「通された席に不満があったわけではありません。申し上げたいことはおわかりですよね？」

「それは……、申し訳ございません」

おそらく店長なのだろう男性は、頭を下げっぱなしだ。

「今回の件は私のほうにも非がありますので、こちらこそお騒がせして申し訳ありませんでした。しかし今日は帰ります。また日を改めます」

春日井は声を荒げているわけではないし、言葉遣いも丁寧だ。けれど静かな怒りを感じて、竹内は二人の会話に割って入れなかった。

上がってきたエレベーターの扉が開くと、春日井は竹内を連れて乗り込んだ。

あれよこれよという間に引っ張り出されてなにがなんだかわからない状態ではあったが、扉が閉まりレストランのフロアが視界から消え、狭い機体の中に静けさがやってきたところで、竹内はようやく冷静になれた。

春日井と店員とのやり取りから、竹内は察していた。普段の自分とはまるで縁がない店だったとはいえ、店を出る状況になってまで理解できないほどのんびり屋ではない。

春日井にどのような言葉をかければいいのだろう。

竹内はきっかけが見つからず、ドアの上に表示されている階数をぼんやりと眺める。

「すまない」

春日井は竹内の腕を離した。

意識がそこに向いて初めて痛みを感じ、かなり強くつかまれていたのを自覚する。

「いえ、こちらこそ、すみませんでした。僕がこんな服装で来てしまったからですよね」

春日井が先ほど店員に言った「こちらにも非がある」とは、おそらくこれだ。

「春日井さんの連れがこんなので、恥をかかせてしまって申し訳ありません」

「いや、俺は別に。普段よく利用するから、と深く考えず、竹内さんの状況を確認せずにあの店を選んでしまったんだ。恥をかかされたのは竹内さんのほうだ。本当に申し訳ない」

「僕にはそういう認識がないし、プライドが傷つけられたとかも思わないから、全然大丈夫です。服装とか、思いつきもしなくて」

店員の慌てようから想像すれば、春日井は上客だったのだろう。常連の店に竹内のような人を連れてきてしまったのだから、やはり春日井が恥をかいたに違いない。にもかかわらず春日井は竹内に頭を下げるのだ。

驕《おご》った人ではないのも充分伝わってくる。春日井はきっと公平な人だ。

春日井の一面を知れてよかったと思う一方で、現実を突きつけられもした。竹内と春日井は住んでいる世界が違う、ただそれだけだ。竹内にはたとえば千円でお釣りがくるハンバーガーショップ。そういう店が気楽なのだ。

「スーツのほうがいいとはいえ、別にスーツでなくてはならないという店でもない。しかしウエイターが判断して、あの席に竹内さんを通したんだ」

「あそこはよくない場所だったんですか？」

「厳密な決まりはないが、いい席というのは景色がよかったり、奥の静かな場所だったり、だな。人の出入りが激しい出入り口付近では、落ち着いて話もできない」

「そうなんですか」

そんなこと、全然知らなかった。

「とはいえ、店が混雑していればそこに通される客はいるんだから、俺は別にどこの席でもかまわないんだ。たかだか席ごときでいちいち文句をつけるつもりはない。ただ、俺が許せなかったのは、人を見て態度を変える店員の振る舞いだ」

「嫌な態度を取られたという意識はありませんでしたよ。そういう意味では、彼らはきちんとプロの仕事をしてたと思います。ほかのお客さんへの配慮もあったのでしょうから」

たとえば大事な記念日で、目一杯おしゃれをしてきた人たちがいたとしよう。あの空間であまりにも場違いな服装の人間がその人たちの目に入ったら、特別な雰囲気に水を差してしまうだろうという気持ちはわかるのだ。

エレベーターが一階に着き、竹内と春日井は降りた。建物の外に出て、どこにいくともなく歩き始める。

　会話が一度途切れてしまったが、春日井は先ほどの話の続きを始めた。まだ怒りは冷めやらず、といった様子だ。

「最初からあの席に案内されていたら、俺はなにも言わずに座っていた。引っかかったのは、竹内さんが俺の連れだとわかった途端に態度を変えたことだ。こちらも準備が足りなかったし、店の方針もあるから、これ以上言っても仕方ないが」

　つまり、春日井は竹内が軽く扱われたことに腹を立ててくれているのだ。その気持ちがなんだかとてもうれしかった。

　しかし店が求めるラインに、竹内が達していなかったのだ。店員が態度を変えたのはもちろん気持ちのいい対応ではないけれど、竹内さえきちんとしていればよかっただけの話なのだ。

「じゃあ、もし今後あのお店に行くことがあれば、ちゃんとスーツ着ますね……、って、また一緒に行こうとしてるとか、全然そういうんじゃなくてっ」

　この話はもう終わりにしよう。

　竹内はそのつもりで春日井に言ったのだが、言葉の選び方を間違えてしまった。

「ていうか、そもそもスーツなんて大学の入学式で着たのと喪服しか持ってないから、やっぱり無理です」

竹内は慌てて訂正した。

まるで行く気満々と思われやしなかっただろうか。あの言葉だけ切り取ったら図々しいにもほどがある。

五月で暖かくなってきたとはいえ、夜はまだ若干肌寒い。にもかかわらず、竹内は体中に汗をかいていた。顔も熱いし、ひょっとしたら頬が赤くなっているかもしれない。こんな間抜けな姿を、出会ってから日の浅い春日井には見られたくなかった。

「普段、スーツはあまり着ないのか？　そういえば見たことがないな」

春日井は不思議そうな表情で竹内を見下ろしている。

スーツがスタンダードなビジネスマンは、そんな人間がこの世に存在しているのか、ぐらいは思ったかもしれない。

「そうですね。話すと長いので割愛《かつあい》しますけど、就職活動もしなかったし、企業で働いたこともないので、今のところ必要不可欠なアイテムじゃなかったんです。冬真の入学式も、自分の大学の入学式のときに着たスーツで済ませちゃいましたし。でもまあ、今回みたいにこういうこともないともいえないから、年齢相応のきちんとしたものを一着ぐらい用意しておいてもいいのかなって思いました」

春日井のスーツを見ていると、それなりのものを着ればそれなりに見えるような気がするのだ。そのような上等な物は、いざというときに大いに役立つだろう。

しかし頻繁に使うわけではないものにお金をかけるのはもったいない、と感じてしまう自分もいる。お金はできるだけ冬真と小春のために取っておきたい。

「だったら、今日のお詫《わ》びにスーツを贈らせてほしい」

「え？」

竹内は足を止め、春日井に聞き返した。

いや、春日井の言葉ははっきりと聞こえていたし、意味も理解できた。しかし突拍子のない内容に脳がついていかなかったのだ。

「いえ、結構ですよ」

安物だったとしてもそれなりの値段がするスーツを、なぜ春日井に贈られなければならないのだろう。

計画案を通すための買収工作か？

竹内は身構える。

訝《いぶか》しげな表情を見て竹内の心の中を読み取ったのか、春日井は続けた。

「俺はそういうのが好きではないとはいえ、外見や雰囲気で判断する人間は多いのが現実だからな。つまりそれを逆手にとって利用できる。もし俺との交渉が決裂して、今後竹内さんたちの手で街興《おこ》しをするとして、外と交渉をしなければならない場面が訪れるかもしれない。そのときに、相手に舐《な》められないための武装は必要だ」

「そうかもしれないけど、だからって春日井さんにいただくわけにはいきません。自分で用意するから大丈夫です」

春日井はまず交渉がまとまるようにしなければならないのに、なぜ交渉が決裂したあとのことまで考えているのだろう。まるで竹内にアドバイスをしてくれているように感じてしまう。

「ひょっとして、警戒されてる？」

春日井は眉を下げた。

完全に心を読まれていたらしい。

「い、いえ、そんなことは全然なく……」

竹内は目が左右に泳いでしまう。

あわあわしている竹内を、春日井は子供を見るような目で見てくるので恥ずかしい。

「じつは贈り物の件は、小春ちゃんにお願いされているんだ」

「小春に？」

唐突に出てきた妹の名前に驚く。一体どういうことなのだろう。

竹内は首を右に左に傾ける。

「以前、店で折り紙で遊んだときに、小春ちゃんにこれをもらったんだ」

春日井は手帳を開き、畳んで挟まれている鶴を竹内に見せてくれる。

「プレゼントしてくれたから、俺もお礼をしようと思ったんだ。あのぐらいの女の子の好みなんてわからないから、なにがほしいか聞いてみたら、小春ちゃんは、お兄ちゃんにプレゼントしてあげて、って言ったんだ」

「小春がそんなことを……？」

「竹内さんがちょうど配達の人の対応中で、荷物を片づけたりしてバタバタしていたときに、こっそりとな」

四歳の子供がそんなことを言うだろうか。

竹内は疑問を抱きつつも、小春だったらひょっとしたら言うかもしれないと思う部分もある。あの子は他人をよく見ている。

「冬真くんも、竹内さんになにかしてあげたいと思っているみたいだったな。お兄ちゃんはいつも忙しそうだって心配していたし」

「冬真も小春もそんな素振り、僕に見せたことないのに……」

「竹内さんの家は多少の事情があるにしても、子供なりに思うことはあるんだろうな、と俺自身考えさせられた一件だったな。小さな子たちに、自分の欲ではなく兄のためにとお願いされたら、俺が二人の願いを叶えてやりたいと思うのは当然だ。これがほしいと言われて贈ることはあっても、自分でなにがいいのか考える機会がほとんどないから、今まで竹内さんになにをプレゼントすればいいのか思いつかなかったんだが、今、スーツを贈りたいと思った」

「でも……」

「受け取ってほしい。小春ちゃんからもらった折鶴は些細《ささい》なものかもしれないが、冬真くん小春ちゃんの竹内さんへの気づかいに心が温まったお礼だ。そういう優しさは大事だと思うし、素直に感動したんだよ」

「いや、でも、家族だからそんなの当たり前だし」

「当たり前が当たり前であることの難しさを、痛感させられもしたけどな。俺の仕事とか竹内さんの立場とか、今はそういうのを忘れてくれないか。冬真くんや小春ちゃん、そして竹内さんの一人の友人として、俺がしたいんだ」

友人？　竹内と春日井が？

その言葉がくすぐったくて、竹内は春日井の顔を見られなくなってしまった。

竹内と春日井が友人。

竹内はまた、心の中で春日井の言葉を繰り返してみる。

年齢が離れているのに。住んでいる世界、階層とでもいえばいいのか。育ってきた環境も今の生き方もまるで違うのに、友達になんてなれるのか？

友人、という関係は、二人には似つかわしくないような気がするのだ。決して嫌だというわけではない。春日井だって竹内や冬真、小春を好きだと感じてくれたからこその言葉なのだろう。それなのに、竹内の心は、なぜか引っ掛かりを覚えてしまうのだった。


電車で数駅移動し、竹内と春日井は一軒の店にやってきた。

店に入る前に、水野家に電話して冬真と小春の様子を聞いてみる。

電話口の二人は代わる代わる「けんちゃんちにお泊まりする」と言って聞かない。賢吾の弟夫婦とその子供たちが遊びに来ていて楽しいのだそうだ。

「ご迷惑になるからダメだって。あとちょっとで帰るから」

なだめる竹内に太刀打ちできないと感じた冬真は、賢吾の母親と電話を代わった。

『秋ちゃん？　こっちのことだったら気にしなくていいからね。うちの孫たちとよく遊んでくれて助かってるぐらいだから』

「いえ、でも……」

『いいのいいの。あとで明日の着替えと冬真くんのランドセル持ってきてちょうだい。うちから送り出してあげるから。たまにこういう変化があると、子供たちも楽しいと思うわよ？　それに秋ちゃんもお休みが必要でしょ。実際、竹内さんたちが亡くなってから、秋ちゃんはとてもよくやってると思うわよ』

「ありがとうございます」

でもそれって家族だから、竹内は当たり前のことをしているだけの話なのだ。なにも特別な話ではない。

『たまには人に甘えて遊んできたっていいんだから。まだ若いんだし。今日は、実はデートなんじゃないの？』

「デ、デート？　違うってばっ！　さっきまで賢吾と一緒だったし。おばちゃんだって知ってるでしょ？」

デートなの？　お兄ちゃんデート？

賢吾の母親の後ろから、冬真と小春のはやし立てるような声が聞こえてくる。

視線を感じて春日井を見ると、ばちっと目が合った。デートという言葉に反応したらしく、にやにやしながらこちらを見ている。

竹内は春日井に背を向け、電話に集中する。

春日井もああいう顔をするんだ。

からかうような視線を向けられて、竹内は背中がむずがゆくなった。まるで親しい間柄のように感じてしまったのだ。

『あら違うの？　環境的に彼女作る時間もなさそうだから、おばちゃんちょっと心配なのよね』

このまま話を続けていると「だれかいい人を紹介してあげようか」という流れになるのは明らかなので、竹内は賢吾の母親の計らいに礼を言って電話を切った。

デートだなんて、おばちゃんってばなに言ってるんだよ。

冬真と小春を育てるようになってからの竹内は、学校や幼稚園の時間以外の長い時間、二人と離れたという記憶がないのは確かだ。夜も家を空けるわけにいかないし、そもそもそういう相手もいないし、なんとなく、二人が成人するぐらいまでは結婚もないだろうな、などと漠然《ばくぜん》と思っていたりもする。兄弟だけれど、冬真と小春は自分の子供のようなものだ。こういう人生もまた、ひとつの生き方と思っている。

「じゃあ、デートの続きをしようか」

春日井は完全に竹内をからかっている。

「デートじゃないですって」

「電話の相手の方にはそう思われているみたいだから、デートでいいじゃないか」

「だから、違いますってば」

こんな軽口を叩けるんだ。

竹内はまた、エリート然としている春日井の意外な一面を見せられる。それらは全部マイナス方面に作用しないから困る。

いっそ嫌な人だったらよかったのに。

最終的に事業案を跳ねつける段階になって、竹内はほっとするだろう。でも、心の中は無風では済まされない気がするのだ。それが罪悪感なのか、それとも別の感情なのか。その時になってみなければわからないけれど、すっきりした終わり方にはならないような気がしている。

まだ数回しか会っていない。けれど竹内は、春日井と距離が近づき過ぎた。もう「ただの知り合い」では済まされない。

気を取り直して店に入ったが、もやもやと形の成さない感情は竹内の胸の中に住みついて、いつまでも消えなかった。


すぐに渡したいから、と贈られたのは流行に左右されないスタンダードな濃紺のスーツだった。竹内の希望を聞きつつ、春日井が選んでくれた。

春日井はお得意様らしく、店員は丁寧な対応をしている。夜だったため、普通なら早くても明日以降の仕上がりになるはずの裾上げもその場でしてくれた。待っている間はソファとお茶が用意された。

これが竹内だったら、きっとここまでいたれりつくせりではなかっただろう。

過剰なサービスを求めたいわけではないし、春日井がいない状態でこんなことをされても竹内は逆に戸惑ってしまう。春日井にとっては当たり前で、竹内にとっては当たり前ではない。これでも二人は友達なのだろうか。

春日井のことは、嫌いじゃない。引っかかっているのは春日井の仕事に関してだけで、それさえなければ、竹内の店で話をしたり、こうして外で会ったりするのは特別な時間のように感じているから複雑だ。

せっかくなので、と春日井は竹内にスーツを着たまま外に出ようと提案してきた。春日井がスーツだったし、合わせたほうがいいだろう。竹内も納得して、私服のほうを包んでもらって店をあとにした。

「腹空かないか?」

「大丈夫です。昼間カフェ巡りしてて、けっこう食べ、あっ……」

春日井に聞かれて答えた瞬間に、見計らったようなタイミングで竹内の腹がぐうっと鳴った。

大丈夫、と言った途端にこれではみっともない。

竹内は腹を押さえた。

「あ、すみません。空腹ってわけじゃないですから」

本当に腹が空いていたわけではないのでさらに恥ずかしかった。しかし春日井は竹内の言動を遠慮と受け取ったようで、気分はすっかり食事モードだ。

「まあ、せっかくだし、なにか腹に入れよう。竹内さんはなにが食べたい？」

「なんでも大丈夫です。もう夕食の時間のピークだろうし、今からだとお店も混んでそうだから、なんならその辺のハンバーガーとかで」

竹内が差した指の先には全国展開しているファストフードの店がある。なにがなんでも食べたいわけではなかったが、たまたま視界に入ったのだ。

「いいな。そうしよう」

「え？　いいんですか？」

「どうして？　なにかまずいのか？」

あんなレストランを指定してきた春日井が夕食にファストフードだなんて、似つかわしくないと思ったのだ。

「持ち帰りにして、公園のベンチで食べよう」

困惑する竹内をよそに、春日井は遠足に行く子供のようにいそいそと店の方向に歩き出した。

「公園で？」

竹内は目を丸くしながら春日井のあとを追いかける。

単純に春日井はファストフードが好きなのかもしれない。似合うとか似合わないとか、そんなふうに感じてしまった竹内の考え方が偏《かたよ》っているのだ。

春日井の別の顔を次から次へと見せつけられ、竹内の頭の中は情報の処理が追いつかない。けれど、もういいという気持ちにはならない。

これ以上親しくなってはいけない。

竹内は自分にブレーキをかけながらも、もっと見てみたいと感じているのも本音だ。心が矛盾している。

竹内と春日井は持ち帰り用にしてもらったハンバーガーを持って近くの公園に移動した。日曜日の夜ともなると歩道を歩く人の姿はあっても、さすがに公園内に留まる人はいない。

竹内はさておき、エリートが服を着て歩いているような男性が、昼間の忙しい時間でもないのに公園のベンチに座ってハンバーガーを食べているなんて、なんだか似合わない。

近くを通りかかった人の目には、竹内と春日井は部下と上司と映るのだろうか。

「うまいな」

ひと口ふた口食べてから、春日井が言った。

「味がシンプルで好きです。毎日だと飽きちゃうけど、たまに、猛烈《もうれつ》に食べたくなるときがあるんですよ」

「なるほど。俺、じつは初めて食べたんだ」

「え？　ハンバーガーを、ですか？」

今の時代に生きていて、食べたことがないなんて冗談ではないか？　竹内は信じられずに問い返した。

聞けば、この店の、という意味らしい。レストランなどでは何度も食べているそうだ。レストランで出てくるハンバーガーを食べたことがないので想像するしかないのだが、いい肉を使っていて、野菜がたくさん入っていて、ソースも凝っているようなイメージだ。さぞかしうまいに違いない。

しかし、味はともかく、春日井が妙に楽しそうにハンバーガーを買いに行った理由がわかった気がした。

「小さい頃は店に入ってみたかったけど、親が許してくれなかったしな。そもそも親と一緒に行動した記憶もあまりないが。だいたい付き添いの人間がいて、彼も仕事だから絶対に買ってくれなかったし」

春日井は昔を思い出すように、星が点々としか見えない夜空を見上げた。

その横顔には寂しさが浮かんでいるように見えて、竹内は以前春日井が話してくれたことまで思い出してしまった。

「大人になって、自由になって、好きに買える頃にはどうでもよくなってしまったしな。でも友達と……竹内さんと食べられてよかった」

春日井はしんみりとした表情のまま竹内のほうを向いた。

その瞳の色に、竹内は思わずドキリとする。しかし、きっと周囲が暗いから、そういう風に見えただけだ。

竹内は自分の意思とは関係なく上がっていく心拍数に焦《あせ》りを覚えた。無駄だとわかっていたが、ジャケットの胸元をつかんで気持ちを落ち着かせようとする。

「お金持ちっていうだけで幸せそうに感じてしまうんですけど、そうでもないんでしょうか」

「価値観は人それぞれだな。幸せな人もいればそうじゃない人間もいる。俺は後者だ。それもまあ、今となってはもうどうでもいいんだが、昔は親に家にいてほしかったな。両親ともに仕事が忙しくて子供の世話どころじゃなかった。兄弟でもいればまた違ったかもしれないけど、残念ながら仕事が生き甲斐の母親は二人目を望まなかったみたいだ」

だから三人兄弟の竹内家は楽しそうだ、と春日井は感じるのだそうだ。

「竹内さんにしてみたら、ご両親が亡くなって一人で冬真くんと小春ちゃんを育てるのはとても大変なんだろうけど」

「まあ、大変は大変ですけど。でもそれを上回る幸せがありますね。僕の母は僕が生まれてすぐに亡くなってしまって、ずっと父子家庭だったんです。当時父にもうすでに親がいなくて、まだ男が育休を取るのは一般的ではなくて、企業に勤めながら僕を育てるのは無理だ、って父は一念発起脱サラして、ちょうど空いていたあの店舗兼住宅に引っ越して、喫茶店を開いたんです」

父は地元の人間でもともと近所に住んでいたため、商店街にすぐになじんだそうだ。喫茶店を営みながら、目の届く場所でまだ小さな竹内を育ててくれた。

「僕が高校生になった頃に父が再婚したんです。冬真と小春は父と新しい母の子供です。僕はすでに大きかったし、冬真の世話はあまりしたことがなくて、母も僕にはとても気をつかってて、手伝わせなかったし」

竹内はなぜ家庭の複雑な事情を話しているのだろう。

春日井が身の上話をしてくれたから、か。夜の公園はとても静かなので、言葉をつないでいかないと、間がもたないのもあるかもしれない。

「大学生の頃に両親が立て続けに亡くなって、幼稚園児の冬真と赤ちゃんだった小春がいて、どうしよう、なんて困ったり迷ったりなんてしなかったんですよ」

「迷わず喫茶店を継いだ？」

「そうです。父が僕をそうして育ててくれたから、僕も悩まずにそうしたんです。あえていうなら、店の経営なんてできるのかな、っていう不安ぐらいです。でもいざ始めてしまったら案外なんとかなるものですね。店を手伝っていたこともあったから勝手はわかるし、周りの人たちも、慣れない育児に手を貸してくれたし、お店に通ってくれるし、本当に助かりました」

温かい人たちに囲まれて、竹内はこれまで今までがんばってきたのだ。皆に助けてもらったぶん、これからは困っている人がいたら竹内が手を差し伸べたい。

「冬真くん小春ちゃんが人懐っこいのは、皆に育てられているからかな。本当にかわいい子たちだ。だからこそ地域にもっと人を増やして、若い世代が子育てをしやすい場所にしていきたいとは思わないか？」

春日井が唐突に仕事の話を差し込んできたため、竹内は背筋が伸びた。

竹内が返事をしないでいると、春日井はさらに続ける。

「俺には理想の家庭像があるんだ。自分の家がそうではなかったから、余計に求めてしまうのかもしれないが。商店街の周り、駅の近くに若い世代が増えて、安心して子育てができる。あそこがそういう場所になればいいと思っている」

春日井はきっと寂しい幼少期を過ごしてきた。自分が手に入れられなかった「理想の家族」を追い求め、仕事に反映させることで、心に空いた穴を埋めようとしているのだろう。仮にこの仕事や次の仕事が次々と成功していったとして、春日井は本当に理想を手に入れられたと言えるのだろうか。それで満足なのか？

「本人たちが大きくなってからでないと答えは出ないし、両親がいなくてかわいそうだと思いますけど、それでも、冬真と小春には幸せだと感じてほしいです。だから僕は僕なりにがんばって二人を育てています。そして、僕は今、とても幸せです。そう感じられるのは、周りの人たちが支えてくれるからなんです」

春日井の草案では大幅な区画整理はなかったが、駅にもっとも近い部分は人の流れがよりよくなるように作り替えるという提案がなされていた。仮にその案が通ったとしたら、現在ある店舗のいくつかは移動を余儀なくされる。

それに関しては、該当する店舗の人たちがいいと言うのであれば高橋を始め竹内にも口を出す権利はない。けれど、満場一致で皆が拒否しているのが現実だ。

頭が固いと言われても仕方がないが、竹内もなるべく今のままであってほしいと願っている。そしてこれからの未来を自分たちがどうにかしていかなければならないのだ。

「そういう人たちがいて、今の僕たちがいるんです。未来を考えていかないといけないっていうのは、春日井さんに気づかされました。少しずつ景観が変わって、少しずつ住んでいる人が変わって、っていうのは当然としても、生活環境が急激に変わるのは怖いんです。ましてやそれが外からの押しつけならなおさらです。静かな暮らしを奪わないでください。春日井さんの理想と僕たちの幸せの形は、きっと同じ方向を向いているとは思います。でも、イコールじゃないんです」

春日井は信念を持って仕事をしているのはわかる。それを否定するつもりはないけれど、竹内たちには必要がない。それだけだ。

竹内が切々と訴えると、春日井ははっとした顔をした。

こちらの気持ちがきちんと伝わったのだと思いたい。

竹内はこれ以上ずけずけ言うのも気が引けて黙り込む。春日井もなにを考えているのか、口を閉ざしたままだ。

静かな公園、言葉のない二人。沈黙が重い。竹内はハンバーガーを無駄にゆっくり食べて沈黙をやり過ごす。

春日井はハンバーガーを食べ終えると、包み紙を丸めて袋に入れた。それがひとつの区切りとなったのか、ようやく口を開いた。

「竹内さんと親しくならないほうがよかったな」

春日井は眉を下げ、困った顔をしている。好意的な意味ではないことはあきらかだ。

竹内だって春日井と同じ気持ちだった。話をするたびに春日井の印象がよくなっていき、このままではいけないと思っていた。

遠ざけなくてはならない人に親しみを抱いてしまった矢先、春日井のほうから後悔の気持ちをぶつけられて、竹内はまるで横っ面を殴《なぐ》られたみたいな衝撃を受けた。ずきずきと、胸が小さな痛みを訴えている。

「たぶん気づかれてると思うから正直に言うけど、会長さんのガードが固いから、どうにか突破口を開きたかったんだ」

「……そうだと思ってました」

「やっぱりバレてたか」

苦笑する春日井を見て、竹内の胸にまた、もやっとした感情が浮かんでくる。

竹内に近づいてきたのは目的があるからではないか、と最初からそう思っていたではないか。だからこそ、ずっと警戒していたのだから。

春日井に騙されていたという認識はない。だって、竹内にはそれがわかっていたから。確信ほど強い気持ちではなかったにせよ、心の準備は常にしていたのだ。だから今になって本人の口から真実を聞かされたところで、どうということはないはずなのに。

竹内は震える自分の手に気がついた。

春日井に知られないよう、手に持っていたハンバーガーの包み紙をぐちゃっと握りつぶしてごまかした。

「打ち明けたのは、僕がなかなか折れないから、ですよね。どれだけ説得されても意思は変わらないですから、突破口探しても無駄ですよ」

ついさっきまでの春日井は、ビジネスとして竹内と接触していたのだ。今日、唐突に電話をかけてきて、竹内を食事に誘ってきたのも、すべてそこにつながっていく。であるとするなら、竹内が使えないとわかれば、春日井はきっと目の前から消えるのだろう。

冷たいな。いや、相手はこれも仕事なんだから、当たり前か。

竹内と春日井は何度かしか会っていないし、今日はたまたま外で一緒に行動をしただけの人だ。この場で真実を知らされた結果、明日からまた赤の他人に戻ったとしても、竹内の生活に大きな変化は起こらないはずだ。町会と春日井との渡し役にされる心配もなくなるから、いいことづくめではないか。

「竹内さんが折れないから、ではないんだが。人がいいから、が正解かな。古くから栄えていた土地で何代も前からその場所にずっと住んでいる、という人たちは地元愛が強い人が多い。結束も固い。竹内さんのあの土地に対する思い、周りの人たちとの関係。そういういろいろな話を聞かなきゃよかった、と少し後悔している」

「一方的にずかずかやってきて、一人で後悔して、ずいぶん勝手ですね」

「そんなふうにはっきり言う竹内さんが好きですよ。仕事の延長ではなくて、もっと別の機会に知り合いになりたかった」

「え……」

す、好きって。

たとえば一番仲のいい賢吾にだって、今まで一度も好きだなんて言われたことがない。ましてや好きだと思われるほど深い付き合いをしてきたわけでもないのに、春日井はどうしたら竹内をそんなふうに思えるのだろう。

あわあわしている竹内に、春日井は答えを示すかのように重ねて言った。

「敵に食事を提供してくれるし、冬真くんと小春ちゃんへの接し方も、見ていてこっちの気持ちが温かくなる。裏表がなくて優しい人なんだろう。竹内さんにとっては本当に些細なことなんだろうけどな。俺の周りにはそうではない人しかいないから」

どのような相手だって好意を向けられればうれしいはずなのに、面と向かって言われたことがなかった竹内には、戸惑いの気持ちしか浮かんでこない。

「僕も、春日井さんはいい人だって思いますよ」

「いい人？　俺が？」

「正直な人、かな。目的があって近づいた、って本人に暴露しちゃうぐらいには正直な人なんだと思います」

「バカなだけだよ」

自分をバカと蔑《さげす》んだ春日井は、その言葉とは対照的に、唇に弧《こ》を描いて静かに笑っていた。ビジネス用の愛想笑いではなく、心からうれしいと感じているような表情に見えた。

正直な人、優しい人、温かみのある人。

竹内だってそういう人は好きだ。知りつくしているわけではないものの、春日井はきっと、全部に当てはまる。

「僕も……、あ、いえ、なんでもないです」

竹内は言いかけた言葉を途中で飲み込んだ。

――僕も？

今、春日井になにを言おうとした？

竹内は衝動的な行動に走りそうになった自分を止められてほっとする。あのまま突き進んでいたら、きっととんでもない結末が待っていたに違いない。

たどり着いた先になにがあるのか、竹内は知りたい気持ちもあったが、あえて深く考えないようにした。一生懸命考えたところで、どうせ他人になる人だ。

「そうだ。これを小春ちゃんに渡してほしかったんだ」

春日井はカバンから小さな袋を取り出す。

ピンク色のビニール袋に赤いリボンのシールが貼ってあるそれを受け取った竹内は、電話口で春日井が「渡したいものがある」と言っていたことを思い出した。

「髪飾り……かな？」

竹内は袋の上から形を探って中身を把握する。

「さすがだな。自分じゃまったく思いつかなかったから、同じぐらいの年齢の女の子がいる職場の人間になにがいいか聞いてみたら、髪飾りはどうかと言われたんだ。折り紙のお礼はお兄ちゃんにあげて、と小春ちゃんは言っていたが、このぐらいは受け取ってほしいから」

「ありがとうございます」

竹内は素直に受け取った。春日井の、小春への気づかいがありがたい。

「女の子ならピンクかな、という安易な理由でそれを選んだんだ。気に入ってくれるといいんだが」

髪飾りはどうかというアドバイスをくれた職場の人、または秘書などに買いにいってもらったのかと思ったのだが、春日井自身が選んだらしい。

わざわざ雑貨屋に行って髪飾りを吟味している春日井の姿を想像したら、なんだかおかしかった。

「小春はピンクが好きなので、とてもよろこぶと思います」

竹内は込み上げてくる笑いを隠さないまま春日井の顔を見た。今この瞬間を純粋に楽しんでいたのだ。

この時間がずっと続けばいいのに。

近い将来やってくるだろう別離の瞬間を思うと、竹内は後ろ髪を引かれるような思いがした。


竹内と春日井が最後に会った日から間もなく、土地開発の計画が取り下げられたらしい。実際に確定し、竹内のもとにまで話が回ってきたのは、さらにそのあと、すっかり過去のものとなった頃だった。

商店街の人たちと世間話をしているとき、天気の話の延長で、そういえば、とついでのように言われたのだ。

どのような経緯でそうなったのか、と聞き返したが、竹内に伝えてきた人は、詳細を知らないらしい。ほかの人に聞いても反応は同じだった。

高橋が主に窓口となっていたが門前払いだったし、もともと町会のメンバーに賛成派はいなかったこともあって、当然の結果であり、あっさりしたものだった。

竹内は高橋に詳細を尋ねたが、今回の話はなかったことに、とだけ言われたのだそうだ。併せて理由も述べようとしたのだそうだが、高橋はそれすらも拒絶して追い返したという。

最初から最後まで拒否の姿勢を貫き通した高橋は頼もしい。町会とか祭りとかその他諸々、時代にそぐわないと言う人もいるのは事実だが、こういう人が長として表に立ってくれているからこそ、皆でまとまってやってこられたのだ。

竹内は商店街が守られてほっとしている。そもそもまだあちらからのお伺いの段階だったし、こちらも突っぱねていたので、具体的にどうこうといった話にはなっていなかった。だからこそやめると決めたら即撤退ができたのだろう。

とはいえ、話が急過ぎる。竹内を利用するために近づいてきたのであれば、高橋に話をしたあとに、竹内の店に来て、説明をしてくれてもよかったのではないか？　時間がなかったなら電話か、メールでもいいのに。

ランチタイムが過ぎ、店に人がいなくなってから、竹内はスマホから春日井の携帯電話に電話をかけてみた。しかし仕事中の時間帯のためか、留守番電話に切り替わってしまう。

一応、留守電に「聞きたいことがある」というメッセージを残し、折り返しかかってくるのを待っていたのだが、一時間が過ぎても春日井からの連絡はなかった。

電話またはメールが来るのを待っていた竹内は、胸に重たい石が乗っているみたいな気持ちを抱えながら仕事をしていた。しかし途切れることなく客が来ていたこともあって、雑念は振り払えた。

客が引いてほっとひと息つき、ようやく落ち着いたときにはすでにラストオーダーの時間の直前だった。

「今日は一日忙しかったなぁ……」

竹内は独り言を漏らしながら、首をこきこき鳴らす。

「おにいちゃん、こっちにいていい？」

居間から小春がひょっこりと顔を覗《のぞ》かせる。

客が途切れなかったため、おやつを部屋で食べるように言ったきり、かまってやれなかった。それでも小春は店に出てきて遊んでと駄々をこねることなく、客が引くまで待っていてくれた。

冬真も兄とはいえ、まだ大きな子とは言えない年齢だ。しかししっかり小春の遊び相手をしてくれている。

「いいよ。もうお店閉めるから、荷物は広げないようにな」

「じゃあおえかきする。まーくん、おにいちゃんがきていいって」

小春は冬真を呼んで、二人で店に出てくる。

竹内が閉店作業をしている間は引き続き遊んでやれないが、兄の姿が見える場所、同じ空間にいる、ということが、二人にとっては大事なのだろう。だから竹内も、看板を下げたりシャッターを下ろしたりなどの閉店作業をしながら、なるべく冬真と小春に声をかけるように心がけている。

店の前を軽く掃き掃除して、いよいよ店を閉めようというとき、駅のほうからやってくる男性の姿が目に入った。

商店街を歩いている人がほかにいなかったため目立った。いや、もしももっと歩行者がいたとしても、竹内の視線はその男性に向かっていただろう。

店の前から男性まで距離があったし、街灯があるとはいえ夜だし、顔の判別はできない。だが長身でぴんと伸びた背筋。大股で颯爽と歩く姿。遠くても、暗くても、竹内にはそれがだれなのかわかった。

竹内の姿に気がついた春日井も、歩く速度を速めてやってくる。

あいさつはいつもどおりだった。春日井の表情や話し方も、なにも変わらない。今回の件で気を揉んでいたのは自分だけだったようで、落胆した。

「遅くにすまないな。閉店時間に重なって忙しいのはわかっていたんだが。昼間、電話を取れなくてすまなかった。営業中に電話をしては悪いと思ってメールを送ったんだが、返信がなかったから、勝手に来てしまったんだ」

春日井に言われて竹内は慌ててスマホを取り出す。

確認すると、「閉店する頃に行っていいか」という内容のメールが春日井から届いていた。十五分前には、「今から行っても大丈夫か」という連絡も入っている。

「あ……ごめんなさい。メール気づきませんでした。今日はなんだかひっきりなしにお客さんがきてくれて、午後はずっと忙しくて」

「いや、そうだろうとは思ったから、外から見て客がいたりすでにシャッターが降りていたりしたら帰ろうと思ったんだが。ちょうどよかった」

春日井の笑みが、ビジネスのそれだった。

最後に春日井の顔を見てからまだ半月も経っていないだろう。それなのに、もう何年も会っていなかったように感じたのはなぜだろう。懐かしさを覚えたわけではない。あえていうなら、目には見えない透明な壁が目の前にあるような、微妙なよそよそしさだ。

その理由を、竹内は理解している。

「聞きたいこと、っていうのは、俺の仕事のことか？」

さすがに春日井も、竹内が連絡してきた意味を理解しているようだった。

竹内はほうきをドアに立てかけ、春日井に向き直る。

「そうです。春日井さんたちが撤退したって聞きました。それで、その……」

なんで話してくれなかったのか。

それを聞くのは厚かましくないだろうか。

竹内は次の言葉が出るまでの一瞬で、様々な思いが浮かび上がってくる。

窓口にはならない、と竹内自身が宣言したではないか。

商店街を中心とする居住地区の開発を前提とし、当初から会長と交渉を進めていたのだから、春日井側にはなんの問題もない。けれど目的があって竹内に近づいてきたのであれば、最後に説明をしてくれてもよかったのに。ましてや高橋が最後まで無視を貫いて、春日井に話をさせなかったのだから。

しかし竹内は、やはり言ってはいけないことだと判断した。

「なんでやめたんですか？」

「なんで？　理由を聞きたいのか？　終わったことなのに？」

ひとつの仕事が終わるなり打ち切りになるなりしたら、春日井の頭は切り替わってしまうのだろう。あっさりとした言葉に、竹内は愕然《がくぜん》としてしまう。

「たとえ相談の段階だったとしても、結果的になにもなかったことになっても、うちの商店街に波風が立ったことには変わりないんです。ざわつかせておいて、手に入らなかったらハイ終わり、って、ひどくないですか？」

竹内は気持ちの整理がつかなくて、思わず責めるような口調になってしまう。

「言い方が悪かったな。会長さんは門前払いだったし、最後まで取り付く島がなかったが、竹内さんだけは話を聞いてくれたな。義理を欠いてすまなかった」

竹内の怒りを察した春日井は、謝罪の言葉を口にした。

「やめてください。謝ってほしいわけじゃないんです。事情を説明してほしいんです」

「事業案を撤回した理由、か。住人の理解が得られなかったからだ」

「それだけ？」

「理由としてはこれ以上にないと思うが」

「本当にそれだけですか？　イメージで話をして申し訳ないんですけど、こういう仕事って反発は想定内で、住民を説得したり高い値段でその土地を買い取ってほかに移動させたり、そういうやり方で事業を進めていくと思っていました。だから町会は、最初から交渉の余地を与えないという方法を取ってきたと思うんですけど」

「鉄道会社が線路を増やしたり駅を拡張したりロータリーを作ったり、と必要に駆られてやらなければならない場合は、そういうことをする場合もあるかもしれない。でもうちはその土地土地に合った、または合いそうだと思う街造りを提案していく会社だ。依頼を受けて取り組む大型商業施設とは訳が違う。下見に来たときに雰囲気のいい街だと思ったから提案をしたんだ。うちは小さな会社だし人数も多くないから俺もできる限り現場に行くし交渉もする」

よくよく考えてみれば、社長自ら交渉に当たるなど、珍しいパターンなのかもしれない。高橋はなにも言わないが、周りの人たちの話によると春日井は高橋のもとに頻繁に通っていたそうだ。ということは、社長が出てくるぐらい本気だったとも言える。

「もちろん自分たちがいいと思うからこその案だから内容を知ってほしいし、理解してほしいし、受け入れてほしい。だが、その後も長くその土地に住んでいくだろう地域の人間の意向を無視してまで強引に推し進めていくつもりは、端《はな》からないんだ。コストや労力の問題もあるしな。並行してほかにも何ヶ所かある候補地にアプローチをしているし、話がまとまりそうだったり実際にまとまったりすれば、ほかを取り下げる」

「じゃあ、今回はほかの候補地が確定したから、ここから手を引いたってことなんですね」

「そういうことだ。最初はだいたい反対されるが、街興しに積極的な考えを持ってる人もいるから、根気良く交渉していけばまとまる場所もある」

もう春日井の会社に引っかき回される心配はなくなった。やっと安心できるし、以前と変わらない生活が戻ってくるのだから、よかったじゃないか。

竹内は自分を納得させようとしてみるが、なんだかのどの奥に骨が刺さっているような不快感が続いている。

「おにいちゃん、どうしたの？」

シャッターを閉めたあと、なかなか外から戻ってこない兄を心配した小春が店から出てきた。

「かすがいさんっ」

春日井の顔を見るや、小春は高い声を上げ、うれしそうに春日井に駆け寄った。

足もとにやってきた小春を、春日井が抱き上げる。

春日井が抱くと普段竹内が抱くときよりも目線が高くなるためか、小春は興味深げに周囲をきょろきょろ見渡している。

「冬真は？」

小春と一緒に出て来なかった理由はだいたい予想がつくが、一応聞いてみた。

「まーくんはあわててしゅくだいしてるよ」

やっぱりだ。とはいえ竹内に言われるまで放置するのではなく自主的に机に向かったならよしとしよう。

「こんばんは。あのね、かすがいさん、かみかざり、きょうつけてるの」

小春の意識は完全に春日井に向いていた。愛想のいい子ではあるが、警戒心が強いため、比較的内弁慶な気質はあるのだが、春日井には最初から懐いていた。

春日井から受け取った髪飾りを翌日小春に渡すと、飛び上がってよろこんだ。

特別なゴージャス感があるわけではないし、人気キャラクター商品でもない。どこにでも売っているようなリボンの形をしたヘアゴムだったが、その日から毎日ずっと、小春はそのゴムを使い続けているぐらい気に入っているのだ。

その件について、受け取った翌日に小春の様子を伝えるメールを送っておいたし、春日井からも気に入ってもらえてよかった、という簡素な返信があった。

小春がよろこんでいたことは一応知っていても、生の反応を見ればやはり春日井もうれしいのだろう。小春を見る春日井の目は優しい。

「気に入ってくれてよかった」

「かわいいかみかざり、どうもありがとう」

「どういたしまして」

春日井は子供が好きなのだろう。仕事とは関係がなくなったが、以前と変わらず小春をかわいがってくれる。

「かすがいさん、おりがみおしえてあげる」

小春は春日井に抱かれたまま、ドアのほうを指さす。前みたいに遊んでほしい気持ちは竹内にもわかるのだが。

春日井はふと、竹内に目を向けてくる。

心の準備がなかったため、竹内は愛想笑いの顔すら作れず、視線を外してしまった。

なんでこんなことしちゃったんだよ。この上なく嫌な対応をしてしまった。春日井がそれを見てどう思うかなんて、わかりきっているのに。

気を取り直して春日井に視線を戻したときにはもう、すでに取り返しがつかなかった。

「小春ちゃん、ごめんね。今日は帰るね」

「どうして？　おしごと？」

「仕事はもう終わったんだけど……、そうだな、ちょっと用事があるんだ」

春日井は言いにくそうに小春に告げた。

春日井の考えるような詰まるような言い方から、用事があるというのはきっと嘘なのだろう。子供に嘘をつきたくない、という春日井の優しさと葛藤《かっとう》が伝わってくる。

「じゃあ、またきてね。きてくれる？」

「いつだろう。仕事が暇になったら来られるんだけど、忙しくなるから、しばらくは無理かな。ごめんね」

竹内たちは断ったが、受け入れた街がどこかにある。そこに集中するため忙しくなるのは嘘ではないはずだ。

けれど、春日井は奥歯に物が挟まったような言い方をする。実行できない約束は、たとえ子供相手とはいえ避けているのだろう。子供には通用しないから、いつか遊ぼうね、なんて大人の社交辞令みたいな会話はしないのだ。

あるいは、もう二度とここに来るつもりがないのか。

なんとなく、後者ではないか、と竹内は感じた。仕事が終わったから。春日井にとっては関係のない土地だから。もうここに来る意味がないのだ。

商売ってそういうものなのだろうか。

竹内は春日井のやり方を、あらためて考えさせられてしまう。

まず業種からして異なるし、顔見知りたちに囲まれて営業を続けている竹内と、絶えず見ず知らずの人たちと関わっていく春日井の仕事と、同列に語ってはならないのだ。それはきっと未来永劫相容《あいい》れない考え方の違いだ。

「じゃあ、そろそろ帰るね」

春日井は竹内に小春を預け、手を振る。

「またあそびにきてね」

小春の再三の呼びかけに、しかし春日井は返事をせず、笑顔のまま手を振って応じるだけだった。

「おやくそくだよ。またあそびにきてね」

子供なりになにか感じ取ったのだろう。小春は必死な顔で呼びかける。しかし春日井は決して約束はせず、小春の頭を優しくなでるだけだった。

「竹内さん、このたびはお騒がせして申し訳ありませんでした」

あらためて竹内に向けた春日井の顔は、きりっとしていて出会ったときのビジネスマンのそれだった。

さようなら、と言って春日井は背を向け、駅へと歩き出す。

表情や口調、態度から、決別を感じた。春日井は仕事とプライベートはきっちりわけて考える。ここでの仕事は不発に終わったから立ち去る、それだけの認識でいるのだ。

竹内は置いてけぼりを食らったみたいに、その場に茫然《ぼうぜん》と立ち尽くす。

「かすがいさん、まって！　いかないでっ！」

小春は突然大声を上げ、竹内の腕から降りようとした。

油断していた竹内は、誤って小春をアスファルトに落としそうになってしまう。仮に落ちていたら、後頭部を強く打ちつけていただろう。

どうにか胸に強く抱きとめられたが、竹内の心臓はバクバクいっている。

「いやぁっ。おろしてっ」

「小春、危ないよっ」

小春はどうにか地面に降りようとして、背をのけ反らせたり手足をばたつかせたりして抵抗する。

しかし竹内はさせなかった。

さようなら、という春日井の最後の言葉はあいさつではなく決別だ。追いかけても迷惑がかかるだけだ。

竹内は暴れる小春の背中をなでてなだめる。しかし小春の気は収まらず、かつて聞いたことのない大きな声で泣き叫んでいる。

それには春日井も驚いたようで、こちらを振り返り、戸惑った様子を見せていた。しかしここで足を止めさせてしまうと小春がくっついて離れなくなってしまうだろう。そうすれば春日井はますます帰りづらくなる。

こちらのことは気にするな、というメッセージが伝わるように、竹内は小春を抱いたまま春日井に会釈をする。すると意図を汲《く》み取った春日井もまた小さく頭を下げ、踵《きびす》を返した。すぐに目を逸らさず、最後の瞬間まで竹内たちから視線を外さなかったのは、きっと顔をぐちゃぐちゃにして泣き叫ぶ小春の様子が気になるからなのだろう。

小春は赤ちゃんの頃から聞き分けのいい子で、同じ年齢だったころの冬真と比べると本当に育てやすい子だ。飛び出すなどの突発的な行動はしないし、だめだよ、と一度言えば理解してやらない。買い物に行ってもあれほしいこれほしいと駄々をこねたこともない。

そんな小春が小さな体を全部使って抵抗しているのには、きっと理由があるのだろう。

気分的な問題だったり些細なきっかけだったりで、明日になったらころっと忘れて、元気に幼稚園に通うのかもしれない。けれど小春の様子がいつもとは違うので、竹内は心配になってしまう。

いつまでも見送っていたら春日井も帰りづらいだろうから、竹内は小春を抱いたまま店に戻った。

居間まで連れて行かれたら、追いかけるのはもう無理だと悟ったのか、小春の泣き声のトーンが落ちる。

「小春、春日井さんともっと遊びたかったんだね」

竹内は小春の心を読み取ってやる。

小春はきっと返事をしたいのだろうけれど、全力で泣き叫んだせいか、しゃくりあげていて返事ができないようだった。

小春が大泣きしているときは、竹内は見ていてかわいそうだった。しかし少し落ち着いてすすり泣いている姿は悲壮感が漂い、竹内までもが悲しくなってしまう。

「でもね、春日井さんもお仕事忙しいから……」

泣きたい気持ちになったのは、小春の涙に誘われたからだ。

「せっかく仲良しになれたのにね。お兄ちゃんも寂しいなぁ」

目がじわっと熱くなった。泣きたくなるような気持ちを隠し、竹内は小春の肩口に顔を押しつける。

そうだ。竹内は寂しかったんだ。

まるで小春の気持ちが竹内の胸に流れ込んでくるようだった。小春に触発されて、竹内までもが悲しい気持ちにさせられてしまっている。

引っかき回すだけ引っかき回して、フォローもなく立ち去ろうとした春日井には腹が立った。しかし今を過ぎたら、と思わずにはいられないのだ。

せっかく親しくなれたのに。

仕事が関係なくなったのであれば、これからは普通に店員と客という関係に。またはもう少し踏み込んだ間柄になれたのではないのか。

小春が寂しがるから、ではなく、竹内自身がもっと春日井と会って話をしたかった。つまり、友人になりたかったということだ。以前春日井に友人と言われたときの違和感は、今でも確実に残っている。けれどぴったり合う言葉がほかに見つからないのだ。

「おにいちゃん、しゅくだいおわったよ。おなかすいたよ」

居間から陽気な声が飛んでくる。

「ごめんね。遅くなっちゃったね。作ってあるから温めるだけだ。すぐ用意するから」

「ぼく、おてつだいするよ」

「ありがとう。助かるよ。じゃあ冬真はテーブルの上を片づけて、テーブル拭いて、お箸《はし》を並べてくれる？」

「わかったっ」

お願いされてやる気になった冬真は、張り切って教科書類をランドセルに放り込む。

竹内は小春の靴を脱がせ、居間に降ろそうとした。しかし駄々をこねて降りようとしなかったため、片腕に抱いたまま、メイン料理を電子レンジに投入してスイッチを押す。

泣いている小春を見て状況を把握した冬真は、作り置きのサラダを小鉢に盛ったりご飯をよそったり運んだりして、竹内をフォローしてくれる。

こういう瞬間に、大きくなったな、と子供の成長をしみじみ感じるのだ。

食事が終わってすぐに風呂に入れて、冬真と小春、それぞれの明日の準備をしてすぐに寝かしつける。店の掃除や伝票のチェック、明日仕入れる食材の確認などは冬真と小春が眠ってからだ。そういえば、冬真が運動会のお遊戯で使うために貸与されたちょっとした衣装のアイロンがけをしなければならなかった。手紙をチェックして、提出物があれば記入しなければならない。

次から次へとしなければならないことがやってくるから、考えている暇はないのだ。そうやって慌ただしい毎日を過ごすうちに、いずれ春日井のことなど頭の片隅に追いやられてしまうに違いない。

そうであってほしい、という願望だ。


泣き疲れた小春は、夕食の途中からうとうとし始めた。眠くて体に力が入らずぐねぐねしている小さな体をどうにか風呂に入れて布団に運び、続いて冬真も寝かせる。

二階は小さな部屋が三室ある。そのうちのふたつは横引き戸で仕切られているため、今は戸を外して十畳弱の広めの一室にして、三人で川の字で寝ている。窓際に竹内、次に小春、冬真、と布団が三組並んでいる。

　もうひと部屋には仏壇が置いてある。二人がもう少し大きくなって冬真と小春にここを個室として与えたら、竹内はそちらに移動する予定だ。

「冬真、今日はお手伝いしてくれてありがとう」

　あらためてお礼を伝えると、冬真はうれしそうに笑った。

　人生なにが起きるかわからない。

　竹内自身がそれを経験しているので、冬真と小春には炊事洗濯ぐらいはしっかりできるように教えていかないといけないと常々感じている。

「そうだ、取り込んでおいた洗濯物も畳んでおいてくれたんだね。えらいね。ありがとう。兄ちゃん助かっちゃった」

　その成果を、たまにこのような形で知らされる。正直に言えばぐちゃぐちゃだし、Ｔシャツはしわくちゃだったが、冬真のその気づかいがありがたい。

「こはるといっしょにやったんだよ」

「そっか。じゃあ明日起きたら、小春にもお手伝いしてくれてありがとうって言わないとね」

「ねえ、おにいちゃん、ぼく、こんどはごはんつくってみたい」

「いいね。一緒に作ろう。なにがいいかな」

「おみせのサンドイッチ」

「じゃあお店屋さんごっこしようか。作る手伝いはするけど、冬真がお店の人で、兄ちゃんと小春にドリンクとサンドイッチを出すんだ」

「うん、やるっ！」

冬真は楽しい遊びを見つけたときのように目をきらきらさせる。まだ早いかなと思わなくもないが、小さいうちから遊びの延長で食事作りをさせて、楽しいと思えるなら、将来、自炊するようになるだろう。

「おにいちゃん、あのね、ぼくね」

冬真は上掛けを顔の半分まで引き上げ、もじもじしている。

「なに？　なに？」

その仕草が愛らしくて、竹内は冬真に顔を寄せて、秘密の話をするみたいに小声で尋ねる。

「ぼくね、大きくなったら、おにいちゃんといっしょにこのおみせやりたいの。しょうらいのゆめをかくところに、そうかいたんだよ」

「学校で？」

「そうだよ。ろう下にはってあるから、学校にきたら見てね」

「うん。楽しみだな。……冬真と一緒に喫茶店できたら兄ちゃんもうれしいよ」

子供の頃の夢なんてその時の気分でころころ変わることぐらいわかっている。ちなみに竹内の小学校低学年の頃の夢はサッカー選手だった。

幼い日に胸に思い描いた夢を叶える人なんて、ほとんどいない気がする。新たな人との出会いで選択肢はいくらでも広がっていくのだから。

だから竹内は、冬真の言葉を本気では受け取っていない。けれど、そう言ってくれたということが、竹内にとって大きな励みになるのだ。

竹内は電気を消して部屋を出てから、シャツの裾を引っ張り上げて目元を拭った。急に涙を見せたら冬真が心配してしまうから、ぎりぎり間に合った。

泣かせないでくれよ……。

なんだか気持ちが弱っていて、冬真の言葉ひとつで簡単に心が揺さぶられてしまう。

もし父が再婚していなかったら存在しなかった二人だ。その場合、今頃竹内は一人でなにをしていたのだろう、なんて想像しても無駄だから、起こらなかったことは考えない。

竹内には、守らなければならないものがたくさんある。その筆頭が冬真と小春だ。

冬真と小春がいるから、竹内は毎日がんばって生きていけるのだ。

二人を寝かしつけてからも、竹内にはまだやらなければならないことがたくさんある。

まずは閉店時にし損ねた店の中の掃除だ。それが終わったら一日の売り上げをチェックして、冷蔵庫の中や備品など足りない物があれば購入リストを作っておく。

店のほうを済ませたら、今度は家の中の片づけだ。

先に米を研ぎ、明日の朝に炊き上がるようにタイマーを入れ、夕食で使った食器を戸棚にしまう。水周りが済んだら、次は床に散らばっている冬真と小春のおもちゃ類を定位置に戻す作業だ。時間に余裕があるときには極力二人にさせているが、今日は無理だった。

「毎日毎日、片づけても片づけても……」

竹内は散らばった本やおもちゃをしまいながら、ぶつぶつ独り言をつぶやく。

物悲しさに包まれているときに時間を持て余してしまうと、過去の嫌なことや悲しい出来事までも思い出し、思考がマイナスになりがちだ。考えれば考えるほど迷路にはまり込むので、こういうときはさっさと寝るのが一番だ。

スマホに充電のコードを差し込もうとして、賢吾からのメールの受信に気がつく。届いたのは五分前だった。

賢吾は先ほど外出先から帰って来たらしくて、親から小春が泣いていたのを聞いて連絡をくれたようだ。

まだ起きているなら今から行く、とのことだったので、竹内はすぐに返信した。

絵文字満載のメールを読んでいるうちに眠ってしまいたかった気持ちはしぼみ、だれかと話をしたい気分になった。その相手が賢吾なら、なおさらだ。

小春については心配ないが来ても大丈夫だと返信する。するとその直後に、襟が若干伸び気味のゆるいTシャツにスウェットのパンツの部屋着姿の賢吾がやってきた。手には缶ビール数本とするめのパックが握られている。

「最近ジメジメしてきたよなぁ」

賢吾は座布団で胡坐をかいて缶ビールを開けた。

「もう梅雨に入ってるのかな。最近あんまり天気よくないよね」

竹内はちょっとしたつまみを作り、するめなどと合わせてちゃぶ台に並べ、賢吾の正面に座った。

「小春、すげー泣いてたって聞いたぜ」

ビールを一気飲みしてから、賢吾が話のきっかけを作ってくれる。

春日井に絡む小春の話をどう説明すればいいのか、と躊躇《ちゅうちょ》する気持ちがあった。

賢吾をはじめ皆春日井にはいい印象を持っていないし、撤退したためもう関係ない人だ。わざわざ話を蒸し返さなくてもいいような気がするのだ。

「んー……、小春が懐いてたお客さんが今日店に来てさ。お客さんが帰ろうとしたとき、小春は寂しかったみたいで泣いちゃったんだよ」

しかし賢吾がこの話のために来てくれたのだし、説明しないわけにもいかず、竹内は多くの情報をそぎ落として簡単に説明した。

「へー。小春がそんなんで泣くって珍しいよな」

「僕もびっくりしちゃったけど、でもまあ落ち着いたから大丈夫だと思うよ。おばちゃんたち、何か言ってた？」

「元気な泣き声だって笑ってたよ」

「外から聞いたら笑える程度だったのかな。だったらいいんだけど。いきなりだったから僕も慌てちゃってさ」

「小春がいい子過ぎるだけなんだって。うちの甥っ子たちの泣き声聞き慣れたら、どんな絶叫だって子守歌だからな」

賢吾は能天気な顔で笑っている。

口調にも切羽詰まった雰囲気は感じられないし、賢吾の母親も笑っていたということは、竹内が自分で思っているほどの騒ぎではなかったようだ。

となると、賢吾はなぜ竹内の家に来たのだろう。もうそろそろ日付が変わろうとしている時間帯なのに。

小春の心配もあったとしても、どちらかといえば小春の様子をうかがうというよりも竹内の様子を見にきたのかもしれない。賢吾や友人たちは昔から、竹内が困っていると助けてくれる。竹内も皆が困っていれば手を差し伸べてきた。

いつも当たり前のようにいる友人たちの存在が、とても大きく感じられる。

「賢吾、いつもありがとう」

「な、なにがだよ。礼言われるようなことしてねえだろ」

「してくれてるよ」

「なんだよ、気になるだろ。ちゃんと言えよ」

「いろいろだよ。はい、とりあえずカンパーイ」

竹内は缶ビールを開けて賢吾に向けた。

「俺もう空《から》だって」

賢吾は二本目を開け、あらためて乾杯した。

しばらく他愛のない話をしていたら、だいぶ心が軽くなった気がする。

それを見計らったかのようなタイミングで、そろそろ帰るな、と賢吾は立ち上がろうとする。

想像どおり、賢吾は竹内が小春の件でなにか困っていないか見にきたのだろう。直接口にはしなくとも、竹内にはきちんと伝わっている。

賢吾の見送りのために竹内も立ち上がろうとしたが、賢吾が中腰のまま動きを止めたので、首をかしげる。

賢吾の視線をたどると、その先にあるのは壁だ。

「なあ秋人、あんなスーツ持ってた？　新しいやつっぽいけど」

賢吾は目ざとい。そして竹内がどのようなスーツを持っているか、といっても二着だけだが、いちいち把握しているのも驚きだ。

しばらくは着る機会もないから、とクリーニングに出そうと思いつつ、つい後回しになり、壁に掛けっぱなしになっていた。

「あぁ……うん、最近」

「なんで？　なにか使う？　入学入園でもないし」

「いや、別に目的があるわけじゃなくて」

「スーツ着る仕事じゃないのに、理由がなきゃ新しいの買わないだろ」

「うんまあそうなんだけど……」

竹内がはっきりしないせいもあるだろうけれど、賢吾は変なところで鋭くて困る。

「……まさか、見合いとか？」

誤解されてしまうとややこしくなるから、そこは全力で否定しておかなければならない。

「いや、違うってば。冬真と小春がいるのに、そんなことしてる余裕ないってっ。あのスーツは春日井さんがくれて……あっ」

竹内は滑《すべ》らせた口を手で塞《ふさ》いだ。

が、遅かった。

「春日井？　ってあいつだよな？」

小春の件でせっかく回避できたのに、別の場所で墓穴を掘るなんて、竹内はバカだ。

「い、いや、そうじゃな……くないけど」

竹内は言葉に詰まった。それを誤魔化すためにビールをぐいっと飲んでみる。

しかし賢吾はおかまいなしだ。こういうとき、幼なじみの気安さが発揮《はっき》されるのだ。

「スーツもらうって、普通じゃねえだろ。なんだよそれ。ずいぶん親しくなってるじゃねえか」

賢吾は語気を荒げ、竹内を責めた。

「親しくなったから買ってもらったとか、そういうんじゃないんだ。えっと、その……」

変にあいまいにさせたら誤解が広がってしまうだろう。

竹内はスーツを受け取るまでの経緯を賢吾に話した。

「だから、スーツを受け取ったからって、僕は地元に不利になるような行動は絶対してないし、するつもりもなかったし」

「秋人がそんなことする奴だとは思ってねえよ」

即座に否定した賢吾は、しかしなにかに腹を立てている。

「その辺で売ってる安売りのスーツだって、最低でも一万ぐらいはするだろ」

賢吾は立ち上がり、壁にかけてあるジャケットを開いた。

「どう見たって俺が持ってるのとは質が違うだろ。いくらしたんだか知らねえけど、安くはない買い物だよな」

「それは……、うん、たぶん」

試着したスーツには値札がついていなかったし、フィッティングルームでスラックスの丈を調整している間に春日井が会計を済ませてしまったので、金額はわからない。プレゼントなのでいくらだったかなんて聞いたら失礼だし、竹内は結局値段を知らないままだ。

スーツ上下、シャツ、ネクタイ、ベルト、靴。一式用意してもらった。

店の立地や雰囲気、また春日井が利用している店となると、総合的に考えて、賢吾の言うとおり決して安くはなかっただろう。

よくよく考えてみると、いくら小春がきっかけだったとはいえ、竹内はやはり受け入れるべきではなかったのかもしれない。

第三者に言われてからそう思うなんて、竹内はどれだけ鈍いのだろう。

でも、春日井の気持ちはうれしかったし、当時感じた竹内の思いも嘘ではない。慣れないスーツを着て夜の公園で交わした言葉も、竹内にとっては大切な瞬間だった。

「普通に考えて、何万もするような物を、小春が言ったからってプレゼントするかよ。絶対に下心あるぞ」

「下心？　まさか。ないって」

じつは竹内を利用しようとしていた、と打ち明けられた過去は、この際なかったことにしてしまおう。春日井はもう事業案を撤回してくれたのだから、巻き込んでは申し訳ない。

「下心があったらっていうか、この街を本格的にどうこうするつもりなら、企業の戦略としてもっと回りに金品ばらまいてたんじゃないかな。でも、春日井さんの会社はそんなことしてこなかったじゃん」

「そうじゃねえだろ……、秋人、その下心じゃねえよ」

「じゃあ、なに」

賢吾の言っている意味がわからず、竹内は問い返した。

すると賢吾は呆れた顔になる。

「なに、ってマジでわかんねえの？　なんか隠し事でもあるんじゃねえの？」

「隠し事って、そんなのないって。賢吾、どうしてそんなに春日井さんに絡むの？　もう終わったことだし、関係ないじゃないか」

「本当に関係ないっていうなら、じゃあなんでスーツの話を誤魔化そうとしたんだよ」

「それは……」

竹内は一瞬言葉に詰まった。

こうなりそうだったからだ、と今さら言って賢吾は信用してくれるだろうか。

「土地開発の件で、賢吾は春日井さんのこと快く思ってなかったじゃん。この前店で会ったときの態度見たら、春日井さんの名前を出したら賢吾は気分よくないだろうと思ったから」

「意図的に隠されたら気分悪いだろ。堂々と話されてもムカつくし。どっちにしろあいつの話は聞きたくねえよ」

「言いづらかったのは本当だし、嫌だって感じたなら謝るけど、じゃあどうすればよかったの」

開き直りと思われても仕方がない。けれどどちらに転がっても気分が悪いと言われてしまったら、竹内はなにが正解なのかわからなくなってしまう。

「受け取ったのが間違いだ」

「過ぎたことを責められても……。結果的に不愉快に思う人がいても、受け取ったこと自体は間違っていなかったって思いたいよ」

無駄に生活を引っかき回されたり利用するつもりだったと言われたりして、春日井には複雑な思いがある。スーツ一着で賢吾とも些細な言い争いになってしまったし、踏んだり蹴ったりだ。

けれど、楽しいと感じた瞬間もたしかに存在したのだ。

この件に関しては、だれかに迷惑をかけるようなことをしたつもりはない。スーツを受け取ったことに対して、周囲から間違っていたと言われたとしても、竹内だけは自分自身の行動を否定してはいけない。

「高橋さんが交渉してたし、あいつが俺たちに直接話を持ちかけてきてたわけじゃない。でも秋人はなぜか別の場所であいつと会ってて、スーツなんか受け取っちゃってさ、あいつのことを快く思ってなくないってことなんだな」

「春日井さんに嫌なことをされたっていうなら、開発の件だけでしょ。それ以外で春日井さんになにかされたんだったら賢吾が毛嫌いするのもわかるけど、そうじゃないんだったら、なんでそんなに敵視するんだよ」

「あいつをかばうのか？」

「かばってないって。賢吾が突っかかるからじゃん。基本的に交渉の窓口は高橋さんだったから、僕が聞いたのは一部でしかないんだろうけど、仕事に関しては徹底してると思ったよ。何度か会ったし話もして、深くまで知ってるわけではないけど、やっぱり悪い人だとは思えないから、僕は違うって言ってるだけじゃないか」

竹内はなおも食い下がった。

春日井はおそらく二度とこの街には来ないだろうし、ここの人間にどのような評価を受けようとも、痛くもかゆくもないだろう。数多ある仕事の中のひとつ、ましてや候補地レベルでしかなかったのだから。

しかし、竹内が我慢ならなかった。

違うなら違うと否定しておかなければ、春日井が本当にどうしようもない悪人になってしまう。

相性があるのだし、賢吾が春日井を嫌いなら嫌いで仕方がない。無理やり好きになれなんて言わないが、せめて正しい情報を知った上でもう一度考えてほしい。それでもやはり無理だというなら、竹内はもうなにも言えない。

「すげー必死になっちゃって、それでかばってないって本気で思ってんの？　かばってんじゃん。かばいまくりじゃん。あいつがいい人？　秋人は下心丸出しのあいつに騙されてんだよ」

「騙されてない」

利用されていたとわかっていい気持ちはしなかったが、それとこれとは別の話だ。竹内は春日井本人の口からそれを知らされてもなお、完全に嫌いにはなれなかった。

「賢吾、春日井さんに一方的に噛みつくなんておかしいよ。なにかされたの？」

賢吾は能天気な性格だし、特定のだれかを憎むなんて聞いたことがなかった。春日井をこれだけ嫌っている以上、二人の間になにかトラブルがあったとしか思えない。

「ねえよ。いきなりふらっと現れて、急に秋人が懐いたからムカつくんだよ。こっちなんて生まれたときからずっと一緒だったってのに、秋人が俺にたいして、こんな必死になってる姿なんて見たことねえよ。なんなんだよあいつはっ」

賢吾は声を荒げた。

しかしすぐに二階で冬真と小春が眠っているのを思い出したのか、賢吾ははっとした顔をして口を閉じる。

賢吾が黙り込むと、部屋の中が途端に静かになる。笑いが絶えなかった二人の間に、小さな亀裂が入ったのを感じた。

竹内は途方に暮れて、むっつりと押し黙る賢吾の顔を見つめる。

「……あいつが好きなんだろ」

しばしの沈黙のあと、賢吾が言った。

「な、なに言い出すんだよ。そんなわけないじゃん。友達でもなんでもないのに好きとか嫌いとか、そんなふうに考えたこともないって。ただの企業の人だよ。うちの店に来たときはお客さんでしかないし」

賢吾の唐突な問いかけに、竹内は手に持っていたビールを落としそうになってしまった。

やっぱり賢吾はおかしい。

「どうしちゃったんだよ。今日の賢吾はちょっと変だよ」

「お前こそどうしたっていうんだよ」

賢吾はしばし竹内を見つめていたが、途中で力を失ったみたいにうなだれた。ぼそりとつぶやいたため、表情は見えない。けれど竹内に呆れているようだった。

「あんな奴……、俺らの生活をぶち壊そうとしてたのに、なんでそんな簡単に懐いてるんだよ。プレゼント受け取ったりあいつの言動かばったり。変なのは秋人のほうだろっ」

賢吾は憎々しげに吐き捨てた。

「もういいよ。勝手にしろバカ」

「ちょっと、待ってよ。賢吾っ」

賢吾は引き留める竹内を振り切り出ていってしまった。

「なんなんだよ……」

一人になった竹内は、ビールの缶やつまみの残りを片づけながら、賢吾の言葉の意味を考えてみる。

竹内と賢吾たち幼なじみとは、幼い頃はおもちゃを奪い合ったり取っ組み合いのケンカをしたりしたこともあったが、大きくなってからはケンカなんてしたことがなかったのに。

そもそも、言い争いをするような内容だったのだろうか。

賢吾にとってこの街を壊そうとした春日井は敵で、そんな人と親しくしているように見えた竹内に怒りを覚えたのだろう。賢吾のその気持ちは竹内にも理解できる。でも、そこまで責められるような内容だったのかといえば、竹内は違うと思っている。

だから言葉を返したのだが、否定すればかばっていると言われてまた責められ、結果的に賢吾を怒らせてしまった。

簡単に片づけを終わらせ、二階に上がると小春がお腹を出して眠っていた。冬真は日中の落ちつきのなさとは打って変わって寝相はいい。

上掛けを掛け直し、小春の隣に寝転がる。

竹内は目を閉じたが、賢吾の言葉が耳に残ってなかなか寝つけず、布団の中でごろごろ寝返りを繰り返す。

――あいつが好きなんだろ。

唐突に出てきた言葉に、竹内は即座に否定した。

賢吾に伝えたとおり、友人でもなんでもないのに好きとか嫌いとか、そういう判断をするといった頭がなかったのだ。

でも……、僕は春日井さんが好きなのか？

賢吾に言われたから、というのもあったが、竹内は自分自身の心に問いかけてみる。

別に、好きでも嫌いでもない。

ついさっきまで竹内はそう思っていた。

しかし、好きか嫌いか、どちらか選べと言われたら？

竹内は春日井と初めて出会った日に抱いた印象を思い出す。二度目に会ったのは集会所、三回目は冬真のサッカーの試合を観戦しているグラウンドだった。

次、その次、と順を追って記憶を手繰《たぐ》り寄せる。

冬真や小春たちへの接し方は好きだ。

竹内を利用しようとしていたのは嫌いだが、それを正直に竹内に伝えた潔《いさぎよ》さは好きだ。

でもやっぱり、賢吾との言い争いの火種を作ったから嫌いだ。

好きと嫌いの間で、竹内の感情が右に左に大きく振れる。

春日井のことは別に好きではない。けれど、嫌いではない。

どっちつかずのまま頭をぐるぐる悩ませて、気がつけば窓の外が明るくなっていた。


「洗濯物が乾かなくて嫌んなっちゃうね」

開店と同時にやってきた客が声をかけてくる。

「うちもベランダがいっぱいで部屋の中にも干してるから、家の中が洗濯物だらけになっちゃってるんだ」

乾燥機付きの洗濯機がほしい、と考えてしまうほど雨が続いている。気づけば季節は梅雨《つゆ》になっていた。

昔アルバイトをしていた飲食店では雨の日には客足が鈍くなったが、竹内の店では当てはまらない。毎日の生活の一部となっているのか、お年寄りたちの多くは天候に関係なく来てくれる。

店に入って来た男性の集団が、カウンターの奥に座っていた高橋の隣に腰を下ろした。テーブル席にはまだ余裕はあったが、あえてカウンターに座るのは、商店街の一員である竹内も交えて世間話をするためだ。

天気の話から始まり、孫の話や健康の話など、今日もいつもと変わらず平和だ。竹内は合間合間に相づちを入れつつ、コーヒーを淹れたり食器を洗ったりする。

「そういえば、この前の。春日井って社長覚えてるか？」

高橋の口から唐突に出てきた名前に、竹内はドキッとする。とっさに顔を上げたが、竹内の視線は気づかれなかったようだ。

「ああ、あの若社長な。えらいイケメンの」

「あの社長がどうかしたのか？」

春日井の名前が出ても、彼らの表情から嫌悪の感情は見て取れない。賢吾の行動と比べると、迷惑な交渉の最前線に立っていたはずの高橋や周囲の反応はさっぱりしたものだった。

「社長さん、なにやら仕事でやらかしたらしいな」

「え？」

反射的に出た竹内の声は、あまりにも驚いたために裏返ってしまった。

カウンター席全員の視線が集まって、竹内はなにかひと言言わなければならない空気になる。

「え……っと、ごめんなさい。仕事のミスで？」

「ああ、俺も人伝に聞いただけだから、細かい話まではわからねえんだけどな」

竹内の反応に、カウンターを陣取っている男性陣はとくに疑問を抱かなかったようだ。それよりも春日井の話が気になっているらしく、意識は高橋へ向けられている。

彼らの視線に促され、高橋は続ける。

「ここの開発の件で、計画倒れになった責任を取らされるって話だった」

高橋の説明に、竹内は首を捻《ひね》った。春日井から直接聞いた話とは違ったからだ。

「高橋さん、春日井さんがここから手を引いたのは、ほかの候補地に決まったからじゃないの？」

竹内は尋ねた。

「さあな。白紙に戻すって言ってきたとき、社長の帰り際に次はどこの土地を狙ってるんだって聞いたんだよ。そうしたら、現時点ではないって言ってたぞ。そのときは、社外の人間に本音を語るわけがねえなって納得したんだが、社長の座を引きずりおろされるかもしれねえっていうなら、代替地はなかったんじゃねえのか」

人から聞いたという前提があるから、高橋の話は鵜呑《うの》みにできない。しかしどこからか浮かび上がってきている以上、完全な誤報とも思えなかった。

最後に会った日、春日井は竹内に、この話はしてくれなかった。それ以降に浮上したのかもしれないので、この件についてどうこう言うつもりはない。けれど、それ以外の部分では、どうしても見過ごせなかった。

本当に代替地はないのか？　ならば春日井はどうしてほかに決まったと言ったのだろう。竹内に嘘をついたのか？　なぜ？　そんな必要があったのか？

竹内は今すぐに春日井に会って問い質したかった。

「俺たちが譲歩しなかったからだろうな」

「計画がどのぐらい進んでいたかにもよるけど、プロジェクトが動き始めていたんだったら、完全無傷ってわけにもいかねえだろう」

「社長ってのは大変だ」

「そらそうだ。普通の人間には務まらねえよ」

「責任を追及してるのが副社長らしくてよ。社内の人間に裏切られるなんて、たまったもんじゃねえな」

「経営方針の違いや気に食わないだとかで、副社長が反旗を翻《ひるがえ》して社長を失脚させるってのはよく聞く話だ」

「負債額が大したことなかったとしても、計画を進められなかった無能扱いして無理やり退陣させるのに利用されてるかもしれねえぞ」

「社長もかわいそうにな。でもこっちにはこっちの生活があるんだし」

お年寄りたちの言葉には、春日井への同情の気持ちが見て取れる。

穏やかな日常を引っかき回そうとしたのだから、少しくらいはいい気味だという論調になってもよさそうなのに。

「あの、皆さんは春日井さんにマイナスの感情はないの？　僕は計画については受け入れられないけど、それ以外の面では別に嫌な人だって印象がなくて。でも、人によってはすごく春日井さんを嫌ってる人もいるし」

集会所にいた春日井と高橋を見たときの印象は「険悪」だ。高橋が一方的に敵対心を抱いていたというのが正しいか。その後も春日井と話す機会が一番多かったはずの高橋ですら、社長の座を引きずり降ろされるかもしれない春日井を憐《あわ》れんでいる。

「そりゃあ、個人的な恨みはねえからな」

どうしてそんな質問をするのだ、というような不思議そうな顔で高橋が言った。

「そうだよ、秋ちゃん。土地開発の件は受け入れがてえけど、社長さんは悪い人じゃねえよ」

「皆そう思ってるよ。あの件と本人への感情は別問題だ」

高橋を始めとするお年寄りたちの言葉に、竹内は驚いてしまう。

集会所で見たとき、高橋はあんなにトゲトゲしていたのに。飲食店に入ろうとしたけど断られたって春日井は言っていたのに。

話し合いの回数を重ねるごとに、皆の春日井に対する印象が変わっていったのかもしれない。竹内がそうだったように。

「じゃあさ、もし今春日井さんが食べに来たら、お店に入れてあげる？」

竹内は定食屋を営む男性に聞いてみる。

「そりゃあもちろん。あの時と今では状況が違うじゃねえか。社長が今うちに来たら、ほかの客と同じ扱いだよ」

大口を開けて笑う男性につられて竹内の口元にも笑みが浮かぶ。

いざこざがあっても後に引きずらず、それとこれとは別ときっぱり分けられる。

竹内はこのさっぱりとした空気が好きなのだ。

社長の座を追われるかもしれない、と聞いてから、今まで以上に竹内の頭から春日井が離れなくなってしまった。気づけば春日井のことを考えている。

人伝に聞いた噂話とはいえ、火のないところに煙は立たない。春日井はなんらかのトラブルに見舞われているのだろう。現在の心境を思うと心配になってしまう。

竹内は眠る前に、布団の上でごろごろしながらメールを打つ。

お元気ですか、とさりげなさを装ったところで、かえって怪しまれそうだ。ならば、噂を聞いたのだけど大丈夫ですか、とストレートに聞くべきか。

文章を作っては消し、消しては作り直しを繰り返す。

必要がなければ電話したりメールをしたりする仲でもなかったし、最後に会った日から半月ほど経ったが一度も連絡を取っていない。今さらメールをするのは白々しい気がした。そもそも、なんて言えばいいのだろう。

「ご無沙汰……しております。竹内です。……じつは春日井さんが……会社で大変な状態だ……と小耳に挟んだので……気になってメールをしました」

竹内は頭の中の思いを声に出しながら文章を作る。

「いや、ごたごたしてるときにメールなんて送ったら迷惑だよな」

メールを送れない理由を、春日井の忙しさのせいにしてしまう竹内は弱虫だ。

返信が来なかったら？　気づかいのメールをうっとうしく思われたら？

本当は春日井の反応が怖いだけなのに。

「うん、やっぱり送らないほうがいいよ。やめる。消そう」

最終的にたどり着く答えは毎日同じだ。

竹内はいつも保存せずにメールを削除する。今日だって、いつもどおりに破棄《はき》するつもりだったのに、スマホを持ち替えたときに誤って送信の表示に触れてしまった。

「あ……ダメダメっ！」

竹内は慌てて電源を落とした。

大声を出してしまったため、小春が顔をしかめて寝返りをした。ついでに夏物の上掛けを蹴ってはいでしまったので、竹内は掛け直して小さな頭をそっとなでる。

電源を落としたところで、メールを送信する一瞬で通信が切れるなんて思っていない。それでも、かすかな希望を捨てず、スマホを再起動させてみる。

せっかく風呂に入ったのに、汗が一気に噴き出していた。シャツがひんやりとしているのを感じながら、たった今送ってしまったかもしれないメールの行方をチェックする。

「うわぁ……どうしよう。やっぱり送っちゃってる」

メールは送信済みボックスに入っていた。

「あー……」

竹内は枕に顔面を押しつけ、長いため息を漏らしつつぼやく。

「なんでこういうときに限って操作ミスするんだよ……」

白々しい文面のメールを読んだ春日井は、なにを思うだろうか。

今さらなんなのだ、竹内には関係のない話だ、と眉をひそめるだろうか。

または、春日井は仕事とプライベートを分けているようだから、竹内が今頭の中に思い描いているほどには悪い状況にはならないかもしれない。案外さらっと流してくれそうだ、と考えるのは楽観的すぎるだろうか。

いや待てよ、と逆の立場で考えてみる。もしも竹内の身になにか大変な出来事が降りかかっているときに、急に春日井から伺うような連絡がきたら？

「困惑するに決まってるじゃないか。どういう返事をすればいいのかわからないよ」

竹内は枕を抱えて布団の上で悶絶《もんぜつ》する。

ひととおり暴れて疲れると、すっと気持ちが冷めた。放心状態というやつだ。

スマホの画面が明るくなり、竹内は画面に目を向ける。

届いたメールは春日井からだった。

まさか返信がくるとは思ってもみなかった。しかも、こんなに早く。

竹内はどきどきしながらロックを解除する。見るのが怖いという思いもあったが、それ以上に気持ちが逸っていたのだ。

簡単なあいさつから始まり、続いてトラブルを抱えていること、竹内の気づかいへの礼。そして最後に、落ち着いたら連絡する、というような内容が簡潔に書かれていた。

大変な時期にわざわざ返信をしてくれるなんて、こちらこそありがとうと言いたいぐらいだ。しかし何度もメールのやりとりをしたら春日井の負担になってしまうから、竹内は状況を把握した旨に返信不要の言葉を添えて返事した。

その日から、竹内は寝る前に春日井にメールを送っている。

おせっかいだろうけれど、よく眠れているのか、きちんと食事をしているのか、というような春日井への気づかいだったり、冬真や小春の近況報告だったり、内容は様々だ。

しかしひとつだけ、竹内には心がけていることがあった。いちいちメールに目を通すのは大変だろうから、内容はできるだけ短く、簡潔に。もちろん返信不要と書いているから、春日井からの返事はない。

春日井のことだから、もしも迷惑だったら竹内にそう言うだろう。うっとうしいと感じていたとしても、取るに足りない程度であれば、削除して終わりだ。

少なくとも拒絶はされていない。竹内はそれだけを頼りにメールで春日井を励まし続けること数日。めずらしく夕方以降に店が忙しくて閉店作業が遅れたため、夕食の時間や就寝時間がずれ込んでしまった。明日は土曜日で学校も幼稚園も休みなのでちょっとぐらいはいいかな、と、竹内は自分に甘えてしまった部分もある。

冬真と小春を寝かせ、居間を片づけるために一階に降りる。階段の途中でバイブ音が聞こえてきて、竹内はちゃぶ台の上で震えていたスマホに飛びついた。

切れてしまうかもしれないと思って慌てて取ったので、画面を確認するのと受話ボタンに触れるのと、ほぼ同時だった。

ひと呼吸置くタイミングがほしかった。

電話がつながるや、竹内はさっそく後悔する。一瞬視界に入った画面に表示されていたのは春日井だったのだ。

「も、もしもしっ」

『こんばんは。春日井です。忙しい時間に申し訳ない』

「いえ、大丈夫です。置きっぱなしにしてたから、気づくのが遅くなっちゃっただけです」

久しぶりに聞いた低くて優しい声は、なんだか懐かしかった。

少し前までの竹内と春日井の間にあった距離は、決して親しいわけではなかったが、もう少し近かった気がする。電話越しの会話だから、どこかよそよそしく感じてしまっているだけなのだろうか。

『都合がつくときに会えないか？』

前置きもないまま、春日井が言った。

「はい」

悩んだり戸惑ったりする間もなくするりと言葉が出てくる。いつもの竹内ならそれだけで動揺してしまうのに、今日は違う。まるでそうするのが当然というかのように、春日井の誘いを自然に受け入れていた。

『竹内さんの店に行こうと思うんだけど、お客さんがいるとゆっくり話ができないよな』

「閉店後とか、店が休みの日だったら大丈夫ですけど」

『それならうちに来ないか？　どこかで食事でもいいけど、冬真くんや小春ちゃんを連れてなら、家でゆっくりしたほうがいいかと思うんだが』

「冬真たちを連れていっても大丈夫なんですか？」

二人を置いては出かけられないが、おそらく込み入った話になりそうだから、連れていくのもはばかられる。

休日の昼間であれば竹内の家に来てもらって、冬真と小春には重要な話の間だけ二階で遊ばせておけばいいのではないか、と思っていたところだったのだ。

「あの、でもお休みの日にお邪魔してしまって、ご家族の方は……」

竹内はふと、春日井が妻帯者の可能性があることに気がついた。

家族というものへの理想が強いようだし、年齢的に結婚していてもおかしくない。

『家族？　俺は一人暮らしだよ。ついでに言えば独身だ』

「え……、とすみません。失礼しました」

プライベートな部分に足を踏み入れてしまった竹内は、壁に向かってぺこぺこ頭を下げる。

焦っているはずなのに、重たい石を抱えているような気だるさが全部吹き飛んでしまった。ふっと息を吐いたら、一気に体が軽くなった。

春日井が妻帯者だろうと独身だろうとなんの影響もないはずだ。それなのに、一人暮らしだと知って竹内はなぜかほっとしているのだ。

『明日の夕方か夜はどうだ？　日曜日が店休日だったら少しゆっくりできるかと思ったんだが。俺は料理をしないから、なにかデリバリーを取るか買ってくるかしておくよ。食べられないものはあるか？』

「なんでも大丈夫です。アレルギーとかもないんですけど、あの、ご迷惑でなければ、なにか作っていきましょうか？　持っていけないものはキッチンをお借りしても大丈夫でしたら用意できます」

『いいのか？　キッチンはホコリを被ってるから、たまには使ってやらないとな』

春日井の口調に笑みが混じったのを感じた。

「じゃあ、なにか食べたいものはありますか？」

『和食かな。でも冬真くんや小春ちゃんは和食よりハンバーグとかから揚げのほうが好きだよな？　二人の好みに合わせてくれ』

「煮魚とか、よろこんで食べますよ。味覚が渋いみたいで。じゃあ、和食にしますね」

竹内は声が弾んでいる自分に気がついていた。春日井との会話が楽しいのだ。

『じゃあ俺は冬真くんと小春ちゃんが遊べるようなおもちゃを用意しておこう。大人たちが話していたら、時間を持て余してしまうだろうからな』

「うちから持っていきますので大丈夫ですよ」

『食事のお礼だと思ってくれ』

「じゃあ、そうさせていただきます。どうもありがとうございます」

明日も雨の予報が出ていたので、冬真のサッカーの練習は休みの可能性が高い。しかし明日になってみないとわからないので、練習予定の時間は避け、昼食は自宅で済ませ、夕食を一緒に食べる約束をした。

竹内の店は朝からティータイムまでがメインで、もともと夕方以降の客は少ない。

普段の営業のときから、客の入りだったり竹内の気分だったり、冬真や小春の都合だったり、閉店時間はその日によってまちまちだ。明日は少しだけ早く店を閉めよう。

電話を切ったあと、竹内は宙に浮いているようなふわふわとした気分だった。春日井の声がいつまでも耳から離れず、待ち受け画面に設定されている冬真と小春の写真をぼうっと眺める。

自動ロックがかかって画面が真っ暗になったら、自分の顔がそこに映った。

にやにやしていて締まりのない自分と目が合って、竹内は慌てて顔を引き締めた。

冬真と小春は二階で、すでに夢の中だ。居間には竹内一人しかおらず、緩みきっただらしない顔をだれに見られていたわけでもないのに、恥ずかしくなってしまった。

スマホをテーブルに置き、手のひらで顔をごしごしこすって気まずさをやり過ごそうとするものの、明日の午後を思うとどうにもこうにもそわそわしてしまって、火照《ほて》った頬はいつまでも冷めやらなかった。


最寄り駅まで迎えに来てくれた春日井は、オフ仕様だった。

朝から気温が上がらず肌寒くて、長袖のシャツに下はジーンズだ。全体的に暗めのトーンで落ち着いている。シンプルな服装なのに華やかさがあるのは、中身の問題なのだろう。竹内は春日井に見惚れてしまう。

「そんなに遠くはないんだけど、二人を連れてでは、乗り換えとか大変だったか」

「いえ、二人とも乗り物が好きなので楽しんでいました」

久しぶりに会ったせいなのか、会話がぎこちなくて、他人行儀な言葉づかいになってしまう。

「冬真くん、小春ちゃん、遊びにきてくれてありがとう。おもちゃを少し用意してあるんだ。気に入ってくれるといいな」

「かすがいさん、ありがとう！」

「ありがとう！」

おもちゃと聞いた冬真と小春は、ぴょんぴょん飛び跳ね全身でよろこびを表現する。二人を見つめる春日井は、劇的な体重の増減だったり憔悴していたり、といった見た目の変化はとくに感じられなかった。竹内や冬真、小春への態度もいつもどおりだ。

けれど、少し疲れているようには思えた。きっと春日井について高橋から話を聞いていたからそう感じるのであって、なにも知らなければ見抜けなかっただろう些細な変化だ。

春日井の自宅は駅から五分程度、高級住宅街に建つ低層マンションだった。建物を高い壁に囲まれ、車の出し入れをする門扉《もんぴ》の柵《さく》は頑丈そうだ。

春日井の部屋は三階の端、ルーフバルコニー付きだ。冬真と小春はものめずらしい光景に大はしゃぎしている。雨でなければバルコニーに飛び出していたに違いない。

インテリアはシンプルで、モデルルームのような生活感のなさだ。寝るためだけに帰っている、という雰囲気が伝わってくる。

竹内の家の場合は店と居住スペースが繋がっているし、高級マンションと比較しても意味がないのだけれど、片づけても片づけても、気がつけば散らかっている自宅とはまるで違った。

一人暮らしだからこうなのか。それとも、春日井の理想の家庭像がこれなのか。

きっと春日井の実家もお屋敷で、家政婦さんがいて、春日井専属のお付きの人がいて、このマンションみたいに綺麗な家の中で生活をしていたから、これが当たり前なのだろう。

夕食の時間に差し掛かっていたので、竹内はキッチンを借りた。味噌汁と、時間のかからない料理は作らせてもらう。同時進行で、作っておいた煮魚を温める。

作業をしている間、春日井は広めのキッチンの中をうろうろしている。火を使っているときに背後に立たれて落ち着かなかった。

「あの、春日井さん、どうぞ座っててください」

「作っている様子を見たいんだが、邪魔か？」

後ろから覗き込まれ、耳元で声がした。

春日井の体温すら伝わってきそうな近距離に、竹内は緊張が高まってしまう。

「鍋の取っ手とかまな板に引っ掛かったりして落ちたら、包丁が足に刺さったり火傷《やけど》しちゃいますよ。どっちかっていうと危ないっていうか」

心の動揺を悟られないようにもっともらしい理由をつけて、竹内はやんわりと断った。

「そうか。じゃあ、なにか手伝えることはないか？」

「だったらお箸とか、テーブルのほうの準備をお願いします」

「わかった。酒は飲める？　うまい日本酒があるんだが」

「ええ、少しなら」

「じゃあ用意しておくよ」

春日井はいそいそとキッチンを出ていく。

子供みたいだ。

そう言うには無理がある春日井の広い背中を見て、竹内はくすりと笑う。

二度と会わないだろうと思っていた人と会っているのは、竹内にも予想外だった。また、外ならまだしも、春日井の家に来て、しかも冬真と小春まで一緒で、その上、皆でテーブルを囲もうとしている。

スーツを着ているときの春日井は、クールでエリートサラリーマン風だ。実際にそうなのだろうけ

れど、隙がなく、仕事をバリバリこなしていそうに見える。しかし自宅にいる春日井は、そんな普段の様子とは異なり、そわそわ浮足立っているように感じた。

広くてホテルの客室みたいな綺麗な部屋に来たものだから、冬真と小春は興奮し、普段からおしゃべりな二人の口数はいつも以上だ。

リビングに戻った春日井は、さっそく冬真と小春につかまった。

遊んで攻撃を受け、春日井はテーブルセッティングや日本酒の用意は後回しにしてリビング横の和室に入っていく。小学生向けの本や知的玩具、小春にはままごとセットなどがいくつも用意されており、二人は春日井を誘って一緒に遊び始めた。

小春はキッチンカウンターの中にいる竹内を見て、にこにこ笑顔で和室の戸を閉める。秘密の遊びをするわけではないのに、特別感を演出したかったのだろうか。

ころころと、かん高い笑い声が聞こえてくる。こそこそと話をしているし、戸が閉められているので、三人でなにをしているのかさっぱりわからない。けれど笑い声と、どたばたと動き回る音を聞けば、楽しんでいるのは充分に伝わってくる。

冬真と小春と、そして春日井と、皆の笑い声につられて竹内にも笑みが浮かぶ。そわそわしているのは竹内も同じだ。

一番したい話はまだできていないが、春日井の明るい様子から想像すれば、おそらく問題は解決したのだろう。そして、きっと結果は悪くない。

ほっとひと息つけるタイミングで春日井は竹内を誘った。それに深い意味はなく、ただ、今までメールを送りまくっていたから、事情を説明してくれるのだろう。

春日井の顔を見たことで、この数日間の心配事が一気に吹き飛んでしまった。

今日、春日井と会えて、冬真と小春も一緒に連れてこられて、本当によかった。

ご飯、味噌汁、煮魚、肉じゃが、お浸《ひた》し。一汁三菜と、大人用にちょっとしたつまみを何品か作った。

ダイニングテーブルに並んだ食事に、春日井は目を輝かせる。ただ、酒飲みなので、白米と味噌汁は最後がいいそうで、それらは子供たちの分だけ用意した。竹内も春日井に合わせてつまみをメインに食べることにする。

皆でそろって「いただきます」をすると、腹を空かせていた冬真は無言でもりもり食べ始めた。

仕事の席ではないし自分のペースで飲みたい、という春日井の提案により、各自手酌《てじゃく》となった。本音ではあるとは思うのだが、きっとこちらに気をつかわせないようにという配慮なのだろう、と竹内は思った。

「魚は骨に気をつけてな」

竹内は小春の分の骨を取り除いてやりながら、冬真のほうも気にかける。

春日井は煮魚に箸を伸ばした。

「うまいな」

「僕は煮魚はこってり目が好きなんですけど、つい子供の味覚に合わせるようにしちゃうので、大人の口にはちょっと薄めかもしれないです」

「薄めでも濃くてもどっちも好きだよ。品数多くてどれもうまい。子供の頃は和食が出てくるとげんなりしたもんだが、今になって思えば、家政婦の味付けが好みじゃなかっただけなのかもしれないな。または、年齢を重ねて和食のよさがわかるようになってきたのか。煮物なんか昔は大嫌いだったんだが、今ではわざわざ買って食べるし」

春日井はつまみを少しずつ腹に入れ、日本酒を楽しんでいる。

「冬真も小春もまだ食べる量が少ないから、普段はこんなに作らないですよ。今日は大人が二人だし、と思って気張りました」

「今日が特別ってことだな」

「え、ち、違いますよ」

「俺のために作ってくれたんじゃないのか？」

「それは……そうですけど」

そうでなければわざわざ春日井になにが食べたいかなんて事前に聞いていない。

「だったら特別じゃないか」

酒が回るにはまだ早いが、春日井は気分がよさそうな表情だ。

春日井が自宅でくつろぐ姿は新鮮だが、ぐいぐい来られて戸惑ってしまう。いつものスーツを着た紳士とは別人のようだ。

「おにいちゃん、おさかな、あじがしないよ」

魚を口に入れた小春が顔をしかめる。続いて冬真も同じ反応を見せた。

「そう？　昼間味見したときは問題なかったんだけどな」

子供用に薄味を意識しているから、ちょっと薄すぎたのかな？

竹内は首を傾げつつ煮付けを食べてみる。

たしかに薄味では済まされないレベルの味のなさだった。子供ですら味が薄いと感じているなら、大人の口に合うわけがない。

「なんでだろう。味見したところはちょうど醬油《しょうゆ》が溜まってたところだったのかな」

冬真も小春も楽しみにしていたし、春日井のためにも力が入っていたのに、竹内は自分にがっかりだ。

「ごめんね。兄ちゃん失敗しちゃったよ。食べなくていいよ。春日井さんも残してください。あとで味付けし直しますから」

「俺のは大丈夫だ。このままいただくよ。出汁《だし》の風味がするし、うまいよ」

嘘だ、と思った。

料理とは言えない代物ではないにしろ、味が薄すぎる。百歩譲って魚本来の風味を楽しめるという理由だったとしても、春日井は竹内に完全に気をつかっている。

「でも……」

「黒焦げとか、味が濃すぎて飲み込めないとか、どう考えても口に入れられないのは俺だってさすがに食べられないよ。お世辞とか遠慮して大丈夫だと言っているわけではないから。でも、食べられないレベルの失敗だったとしても、それだって自分のために作ってくれたと思えばありがたいじゃないか」

普段から食事を提供する側の竹内なので、春日井の言葉が身に沁みた。

もう何年も、だれかに食事を作ってもらったことなどないのだから。

父が料理好きだったこともあって、父子家庭だったとはいえ、食事は主に父が作っていた。竹内は食器洗いだったり洗濯だったり、食事以外の家事を手伝っていた。

大学進学とともにひとり暮らしを始めて、それまでは当たり前のように出てきた食事がそうではなかったことを知って、そして二度と父の手料理が出てくることはなくて、今では冬真と小春のために竹内が毎日料理している。

そんな竹内に、たとえばだれかが魚の煮付けを作ってくれたとしよう。多少難有りな味付けだったとしても感謝しただろう。

「春日井さんは優しい人ですね」

「優しい？　俺が？　土地を奪おうとしたのに？」

「それは、仕事だから。ただの嫌がらせでやられたら許せないですけど」

話が本題に入りそうで、竹内は背筋が伸びた。

「ごちそうさまっ」

普段は冬真と小春のペースに合わせているが、今日は春日井と一緒にちびちびとつまみながら酒を飲んでいるので、子供たちのほうが先に食べ終わってしまった。

「おもちゃであそんでいい？」

冬真も小春も意識は扉の向こう側だ。小さく足踏みし、早く早くというように竹内を急かす。

普段は皆そろって「ごちそうさま」をするが、自宅ではないので今日は仕方がない。

竹内は春日井に断って席を立った。食べ終わった食器をキッチンカウンターの上に運ばせるとき、落とさないよう見守る。無事に片づけが終わるや、冬真と小春は和室に飛んでいった。

小春はまた、にこにこ笑いながら戸を閉める。

「秘密基地を見つけたみたいな顔して」

「子供ってかわいいよな」

冬真と小春の笑顔は、竹内と春日井に伝染する。

春日井は閉じた和室の戸を見て、二人の笑い声をつまみにしてお猪口《ちょこ》を口に運んだ。

友人が来てくれたときに少しビールを飲むことはあったが、ここ数年、竹内は飲む機会が減った。居酒屋なんて何年行ってないだろう。

「おいしいですね」

会話が途切れてしまったので、竹内は話題を探した。

「ビール専門で日本酒ってあまり飲んだことなかったんですけど、これは飲みやすいです」

「のんべえってわけではないんだが、仕事で地方に行く機会が多いから、つい買い込んでしまうんだよな。焼酎、国産ワイン、いろいろそろっているぞ。地ビールなんかもうまいんだよな」

春日井の話によると、棚にはまだたくさんの酒類が眠っているらしい。

「うまいからって飲み過ぎると、あとで一気にくるから、ほどほどにしたほうがいいぞ」

「そうなんですか？　もうすでにけっこう飲んでしまってるんですけど。でも僕そこそこ強いほうだから大丈夫ですよ」

とはいえ人様の家でやらかすわけにはいかないので、少しセーブしよう。

竹内はお猪口を置いて、つまみに手をつける。

また沈黙してしまって、今度は春日井のほうからきっかけを作った。

「竹内さん、あらたまってしまうが、いろいろとありがとう。バタバタしていたから、返信不要という言葉に甘えてしまって申し訳ない」

「いえ、メールの件でしたら僕が好きでやってたことですから。ほんとお気づかいなく。それで、解決したんですよね？　大丈夫だったんですか？」

細かい話がわからないので、ありきたりな言葉しか出てこない。

竹内は箸を箸置きに置き、春日井の言葉を待つ。それに合わせるように、春日井もお猪口をテーブルに置いた。

「仕事のミスの責任を取って社長をやめろ、っていう話だ」

「うちの商店街の件ですか？」

「総合的に、だな。代替地の方も空振りになってしまったのは完全にミスだが、損失自体はまあ、ないに等しい。しかしそれを理由に騒ぎ出した人間がいたんだ。俺がうっとうしいらしい。気心知れた相手と新しく立ち上げた会社なのにな」

春日井は自嘲《じちょう》気味に笑った。

瞳が曇っているように見えて、春日井の心の内が知れる。

春日井は親の経営している鉄道会社に入社したが、仕事に携《たずさ》わっていくうちにやりたいことが見つかって、当時の同僚や同じ志《こころざし》を持った仲間とともに立ち上げたのが今の会社なのだそうだ。

起ち上げから軌道に乗るまで、そして成長。苦楽を共にした仲間に、春日井は裏切られてしまったということか。

「数が上回れば俺は退陣に追い込まれたんだろうが、そこまで状況は悪くなかったから、踏みとどまれたんだ。だから今回の件についてはトラブルというほどでもなかったし、すぐに片がついたから問題ないんだが」

春日井は言葉を止め、短いため息をつく。

トラブルは回避できたにもかかわらず、春日井はどこか傷ついているように見えた。

竹内が春日井の立場だったとしても、やはりショックを受けてしまうだろう。信用を置いていたのであればなおさらだ。

「信頼していた人に裏切られるって、つらいですよね」

「基本的に信頼はしていないから、それについてはとくになんとも思わない」

人を信頼しないなんて寂しくないのだろうか。それとも、いずれこういう日がくると予想していたから、だれも信じないようにしているのか。

「今回の件で俺が社長の座を退《しりぞ》いたとしよう。そうすると俺側についていた者は一蓮托生《いちれんたくしょう》だ。そうなったら困ると考えた人間は、俺から距離を置く。しかし結果的にはむこうが失脚し、俺は現状維持となった途端にまた距離を縮めてくる。わかりやすいだろう？」

損得を考えながらの付き合いはビジネスだから、だと思いたい。たとえば友達として一対一で向き合うのとは話が違うのだ。

「昔からそうだったし、こういうのには慣れてるんだけどな」

「そんなこと、慣れちゃだめですよっ」

竹内は声を上げた。

そんなのが当たり前になってはいけない。

竹内は腰を上げ、テーブルの上にあった春日井の手を両手で握った。

「そういう人もいるのかもしれないけど、そうじゃない人もいますから。全然当たり前じゃないですからね？　春日井さんがまだ出会ってないだけです」

竹内は励ましの意味を込めて、握った手にさらに力を込めた。

「あ……、すすすみません」

力説してからはっと我に返った竹内は、腰を下ろし、慌てて春日井の手を離そうとした。しかし両手の上から春日井のもう片方の手が被さってきて、離れる機会を逃してしまった。

「あの……」

手を握り合うなんて、変だよね。

春日井をまっすぐに見られなくて、竹内はうつむきがちになる。

「俺はもう、そういう人に出会えたよ」

「あ、そ、そうでしたか。よかったです。信頼できる人がいるって大事だと思うので」

信頼しないと豪語する人が信頼する人というのは、一体どのような人物なのだろう。

すでにそう思える人間が春日井のそばにいると知り、上昇した竹内の心拍数が急に止まったみたいな気持ちになった。

寂しさを抱えている春日井に支えとなる人がいたのだから、竹内はよろこぶべきなのに。そのつもりで今しがた、励ましの言葉をかけたのではなかったか？

「損得抜きにただひたすら気づかい心配してくれる人がこの世に存在するなんて、俺は知らなかったよ」

竹内の手が強く握られた。

酒が入っているせいか、竹内も春日井の手も熱い。でも春日井の、だれかに向けた言葉を聞くのがつらくて、心の温度はだんだん下がっていくようだ。

「一日一通のメールで俺がどれだけ励まされたかわかるか？」

「え？」

急に質問されて竹内は固まる。

「返信不要の気づかいもありがたいなと思ったよ」

あれ？　春日井が言っているのはだれの話だ？

竹内は顔を上げると、春日井と目が合った。

視察でやってきた最初のビジネス仕様のきりっとした顔つきとも、冬真や小春たちを愛でるような表情とも違う顔だ。視線が熱っぽく感じるのは酒のせいだろうか。どことなく色気を漂《ただよ》わせている春日井の変化に、静かになった竹内の心臓が再び強く鼓動を打ち始めた。

手のひらが汗ばんできたような気がして手を引こうとしたのだが、春日井は竹内の手を離してくれなかった。

「え……っと、あのそれって……僕、ですか？」

竹内は春日井が心配だったからメールを送っていただけだ。その気持ちだけで信頼を得られるとは思えなかった。

「だれの話だと思っていたんだ？」

「だれか、知らない人かなって。だって、僕が春日井さんにしたことは、そんなに特別なことではないですから」

「なにげないメール一本でどれだけ励まされたと思う？　意図的じゃないからよかったんだ。嫌な言い方をすれば土地を奪おうとした俺に、どうしてこんなことができるんだろうなって、ずっと不思議だったんだ」

「結果的に春日井さんは引いてくれたから、それについてはもういいんです。高橋さんたちも言ってたけど、それとこれとは別ですから」

「分けて考えてくれるのか。竹内さんのそういう清々《すがすが》しさも好きだな。会長さんたちも同じ意見だっていうなら、あの土地に住む人たちの多くがそういう気質の人たちなんだろう。だからかな、俺はあの街が好きだと思ったのは」

春日井が竹内たちの住んでいる土地が好きだと言ったのは、嘘ではなかったのだ。そこに住む人たちも含めて褒められた気がして、なんだか照れくさい。

「竹内さんたちの静かな暮らしを無駄に引っ掻き回してしまったし、もう会わないほうがいいと思って連絡もしなかったし、本気で二度と連絡を取り合うことはないと思っていたんだが」

春日井はふっと笑い、言葉を続ける。

「やっぱりダメだったな。励ましのメールが送られてきてから、竹内さんのことを考える毎日だったんだ。冬真くんや小春ちゃんにも、無性に会いたくなってしまったよ」

「だから誘ってくれたんですね。春日井さんの話をしたら二人ともとてもよろこんでたし」

「竹内さんは？」

「僕？　えっと、……それはもちろん」

きっとこれからも交流が続いていくのかもしれない。もしも本当にそうなるならうれしい。うれしい？

竹内の胸のどきどきの音が強くなっていく。

「あの、手を……」

心臓の鼓動が春日井に伝わってしまうような気がして、竹内は今すぐにでも離れたかった。しかし春日井はそれを許してくれない。

「はっきり言わないと、竹内さんには伝わらないみたいだ」

なにか探りを入れてくるような話し方だと思ったのだが、やはりそうだったらしい。

竹内がなかなか飲み込まないので、春日井は焦《じ》れてしまったようだ。

「俺にとって竹内さんは、とても大事な人だ。これからもずっと一緒にいられたら、と思っている。竹内さんも同じ気持ちだったらいいと願っているんだ」

「ええ、もちろんです」

顔まで熱くなりながら、竹内は即答した。

「意味がわかって言ってる？」

　相変わらず春日井は、困り笑いの顔をしている。

「そのつもりですけど。僕、なにかおかしいこと言ってますか？　わかるように言ってほしいんですけど」

　どうして笑われるのか意味がわからなくてストレートに聞き返した。探り合いのような駆け引きのような言葉のやりとりは、竹内は苦手だ。

　竹内の要望を受けて、春日井は中腰になる。身を乗り出してきたので顔が近くに迫ってきた。

「え？　え？」

　なにをされるのか、竹内にはわかっていたはずだ。無理やり押さえつけられたわけではなかったし、避けようと思えばできた。それなのに、そうしなかったのはなぜだろう。

　竹内が動かなかったのを了承と受け取ったのだろう。春日井は竹内の唇をふさいだ。しかしすぐに離れ、竹内の表情を窺うような目を向けてくる。

「逃げなかったということは、受け入れてくれると思っていいのか？　殴られる覚悟でいたんだが」

「そんな、殴るなんて……、しませんよ」

　殴らないけれど、キスのあとにする話なんて思い浮かばない。

　背後から急にわっと驚かされたみたいに心臓がばくばく言っているが、さっきとは少し様子が違う気がする。今までにはなかった甘さがにじんでいる。

「竹内さんみたいな真っ直ぐな人に会ったのは初めてだ。三十五年生きてきて今までになかったんだから、たぶんこれからも現れないだろう。冬真くんや小春ちゃんたちと一緒にいるときの竹内さんの顔が好きだし、図々しい話だが、叶うのであればその中に俺もいられたらいいのにな、と願ってしまったんだ」

春日井と冬真と小春が楽しそうに遊んでいる姿を見ると、竹内はうれしくなる。春日井がそばにいる、という状況を頭に思い描いてみたら、そこに浮かんでくるのは幸せの色だ。

「……僕、前に賢吾に、春日井さんのことが好きなのかって言われたことがあったんです。春日井さんはお客さんだし、ビジネスでやってきただけの人だし、そのときは賢吾の言葉の意味がわからなかったんです」

「今は？　わかった？」

竹内は春日井の目を見たまま二度三度とうなずく。

「男にキスをされて気持ち悪いとか嫌だとは思わなかった？」

「思わなかったです」

「じゃあ、もう一度確認してみていいか？」

春日井は茶化すみたいに笑い、再び顔を寄せてくる。

春日井への思いは輪郭《りんかく》がぼんやりとしていて曖昧《あいまい》だった。賢吾に指摘されてもなお否定したが、今ようやく、竹内は自分の気持ちに気づけた気がする。

唇が重なり、春日井はまたすぐに離れる。竹内の気持ちがあやふやだから、春日井も手探り状態なのだろう。男と恋愛をする覚悟、勇気、戸惑い。様々な思いが錯綜《さくそう》しているのかもしれない。竹内だってそうだ。

けれど、どうあがいたって気持ちだけは嘘をつけない。

竹内が今感じている思いを伝えるために、今度は自分から顔を寄せ、春日井にキスを返した。

気恥ずかしさが先にきて手を引いたら、今度は春日井も離してくれる。

急に訪れた恋の予感に動揺を隠せず竹内はうつむく。

さっきまでつながれていた手を見たらキスの余韻《よいん》がよみがえってきて、顔が熱くなってきた。春日井はどういう表情をしているのだろう、なんて思ったけれど、確認する勇気は湧《わ》いてこない。

「え……っと、冬真たちは」

竹内は顔を和室の方に向ける。

話題逸らしがあからさまだったか。

しかし冬真と小春がなにをしているのか、とふと思い出したのも嘘ではなかった。

二人が自分たちだけの遊びで楽しそうにしていたので安心しきっていたのと、竹内は竹内で春日井との話に集中していたこともあって、つい存在が頭から抜けてしまったのだ。

もうひとつの理由として、子供たちの声がまるっきり聞こえなくなっていたのもある。

「静かだな。どうしたんだろう」

障子に穴を開けていないだろうな。

竹内ははらはらしながら戸を開ける。

「あぁ……、寝ちゃってる」

遊んでいる最中に急に電池が切れてしまったみたいに、二人して手におもちゃを持ったまま畳の上に転がっていた。

たまに遅くなってしまうこともあるけれど、基本的にはどんなに遅くても午後九時までには寝かせるよう心がけているので、冬真も小春も早寝だ。今日は出かけるので少し遅くなる覚悟はしていたが、春日井の家で眠ってしまうのは予想外だった。

「本能の赴《おもむ》くままだな」

竹内の背後から顔を覗かせた春日井の声には笑みが混ざっている。

「すみません。片づけたら帰りますね」

「いや、それは俺がやっておくから気にしないでくれ。酒を飲んでいなければ車で送れたんだが。タクシーを呼ぼう」

「ありがとうございます。でも大丈夫です。そんなに遠くないですし」

「眠くてぐねぐねしてる二人を連れて電車に乗るのか？　座れればいいけど、そうじゃなければ大変だろう。もし明日用事がないならこのまま寝かせてやったらどうだ」

「え？　でも、ご迷惑じゃ。明日は春日井さんもお休みなんだし」

「迷惑だったら言っていないよ。ああ、でも着替えがないか」

「いえ、結構汚したりするからいつも一組は持ち歩いてるので、あるにはあるんですけど」

「じゃあ決まりだ。竹内さんの服も、今着ているのは洗って、明日着られるようにしておこう」

春日井は戸惑う竹内を押し退け、押入れの布団を敷き始めた。

普段はあまり来客がないのか、新品同様といっていいほどの布団を呆然と眺める竹内に、春日井がどこか楽しげな口調で言う。

「冬真くんと小春ちゃんがいたから遠慮していたんだが、俺に気をつかってくれたのか、寝てしまったからダシにしてしまおうと思っているんだ」

「あの……春日井さん？」

含みを持たせているような顔を見上げて首を傾げた竹内に、春日井は言った。

「泊まっていいかないか？」

明日も冬真のサッカーの練習があると伝えてみたものの、「明日も朝から大雨なのに？」という春日井のひと言で論破されてしまった。実際に、雨だった今日も冬真のサッカーは休みだったのだ。

柔らかいけど強引な春日井に押され、竹内たちは春日井家に泊まらせてもらうことにした。

歯磨きだけはしたかったので無理やり起こし、顔と手足を拭いて着替えさせて布団に入れたら、冬真も小春もすぐにまた眠ってしまった。

目が覚めて家に帰りたいと言ってくれないだろうか、などと期待したものの、二人とも春日井の味方らしい。

もうあとには引けない状況になり、食器を片づけているときも、風呂を借りて体を洗っているときも、竹内の頭の中では春日井の言葉がずっと頭の中をぐるぐる廻っていた。

泊まっていかないか？

ってつまりそういうことなのか？

いやいやいやいやいや、いきなりないないだろ。

……ないだろ？

竹内は自分に問いかけ、答えを出しては否定して、を繰り返す。

風呂から出た竹内は、玄関のすぐ横にある寝室に案内された。

十畳以上はあるだろう広いフローリングの部屋には、ベッドのほかにローテーブルと一人掛けのソファがひとつある。ベッドのすぐそばに配置されており、テーブルの上にはペットボトルの水や、酒、グラスが置いてあった。

内装はリビングと同様に、いたってシンプルだ。カーテンやシーツ類もこげ茶やベージュで柄がない。

なんとなく床から一ミリ浮いた状態で歩いているような気分の竹内も、ほっとひと息つけるような落ち着いた部屋だ。

スーツもネクタイも私服も部屋着も派手ではないので、シンプルを好む人なのだろう、というのが伝わってきた。

「また飲むんですか？」

竹内はテーブルの上の酒を見た。

椅子がひとつしかないのは、春日井が一人暮らしだからだろう。ドアの前に不自然に広い空間があるのは、本来、そこにテーブルとソファが置いてあったからではないだろうか。ソファがひとつしかないから一人はベッドに座るのだろう、と想像できた。

「まだ眠るには早いだろう？　せっかくだから話さないか？」

寝室で？　と聞き返しそうになったのを、竹内は寸でのところで止めた。

あくまでも自分を基準にした場合の話だが、さっきの今で、やはりいくらなんでもいきなりはないだろう。そもそも春日井が「そういうこと」を念頭に置いているのかすら怪しいのだから。自意識過剰だと思われたくない。

竹内はなにも意識していませんよ、という風を装ってはみたものの、酒の瓶《びん》からベッドのほうへ、つい目が泳いでしまう。その視線の意味を感じ取ったらしい春日井は、小さく肩を竦《すく》めた。

「冬真くんと小春ちゃんが眠っている和室の横で、電気をつけて話をしていたら、二人の睡眠の妨《さまた》げにならないか、と思ったんだ」

やはり竹内が考え過ぎていただけのようだ。

頭の中で暴走しかけていた竹内は、先走った自分を恥ずかしく思う。

「大丈夫だと思いますよ。遊び疲れたときとか、テレビの目の前で寝てたりしますから。うちの家は狭いし商店街って人通り多いから、いつも騒がしいんです。商店街を抜けたら大通りだから、車の音もしますし。もう少し前はお昼寝もしてたけど、救急車や消防車のサイレンが鳴ろうと道路工事してようと選挙カーが通ろうと、起きないんですよ」

子供の特徴なのかもしれないが、冬真も小春も一度眠ると朝まで起きない。真夜中の道路工事の騒音で眠れずごろごろしている竹内の隣で、いつも二人は熟睡しているのだ。

しかしせっかく春日井が用意してくれたのだし、わざわざこれらをまたリビングに運び直して、などとするのは手間だ。それにようやく落ち着いてゆっくり話ができる形が整ったのに、話もせずに眠るのも変な話だ。

これまでのこと、今のこと、これからのこと。始まったばかりの竹内と春日井は、お互いに知りたいことがたくさんあるはずだ。

「でも、じゃあ、お言葉に甘えて」

竹内がソファに座ると、春日井が水を注いでくれた。

風呂上りだから、と気をつかってくれたのだろうけれど、春日井の優しさにむずむずしてしまう。

春日井が風呂に行き、一人になった竹内は、ソファの背当てに体を預けて脱力する。

どれだけ緊張していたんだか。

長いため息を漏らしながら、柔らかい明るさの黄色のライトをながめる。しかしそれでも落ち着かなくて、無駄に部屋の中をうろうろ歩き回ったり、でも人様の家だし、と思って再び座っても手持ち無沙汰で、スマホを取り出した。

グラウンドがぐちゃぐちゃだし明日も雨なのでサッカーの練習はお休みです、という内容のメールが届いていた。天気予報を見ると、先ほどの春日井の言葉どおり明日も朝から雨だ。

十中八九そうなるとは思っていたが、竹内の都合で休ませるのはよくないので、練習中止が確定して、冬真は残念だろうけど竹内はほっとしている。

いや、練習があったら帰っていたんだから、ほっとしているは違うだろう。

竹内は頭の中がぐちゃぐちゃだ。

ひとまずメールを確認した旨を返信してから、竹内はパズルゲームをやったりしてどうにか気持ちを静める努力をしてみた。

いつしかゲームに没頭していた竹内は、春日井に声をかけられてはっとする。どのぐらい経ったのかわからなかったが、春日井も風呂を済ませたらしかった。

洗い上がりで額に落ちている濡れた前髪に妙な色気を覚えてしまい、今さらながらに竹内は自分の格好が気になってしまった。冬真と小春の着替えの用意はあっても自身のはなかったので、春日井に借りた。長袖シャツは指先まですっぽり隠れるし、ハーフパンツも紐《ひも》をきつく締めないとずり落ちてしまう。

一方の春日井は半そでのTシャツを着ており、普段はジャケットの下に隠れている腕の隆々とした筋肉が露だ。胸の厚みもわかりやすく、体格差を実感する。

「なにか変か？」

「え？　な、なんでそんなこと聞くんですか？」

「いや、じろじろ見られているような気がしたから」

「そんなつもりはなくて。すみません」

まさか変な気持ちになっているとは言えず、ごまかすために、竹内は席を譲ろうと腰を上げた。

すると春日井が目の前にやってきた。

竹内が立ち上がると、ひざの上に置いたスマホがゴトッと鈍い音を立てて床に落ちた。

「あ、すみません。床に傷が……」

「傷なんてどうでもいいさ」

足下に落ちた竹内のスマホを、春日井が拾って渡してくれる。

「ありがとうございます」

小さな機械だ。受け取ろうとしたら春日井の手に触れてしまう。

きっとだれの目から見てもわかりやすいほど、あからさまにビクッとしてしまった自覚はあった。

「意識されている、と考えていいのか？」

「意識してるつもりはないんですけど」

でも、春日井の行動にいちいち反応してしまうのだ。

竹内が受け取ろうとしたスマホを離してくれず、逆に引っ張られる。

「春日井さん？」

竹内はスマホから春日井の顔に視線を移した。

春日井は唇の端を持ち上げ、竹内を見下ろしている。

きっと、これは、つかまったのだ。

見つめ合う気恥ずかしさに耐えきれず、竹内は春日井の喉のあたりに視線を落とす。それがだんだんと近づいてきて、あっと思ったときには抱きとめられていた。

体が熱くなっていくように感じるのは竹内の鼓動が跳ね上がっているからなのか。それとも風呂上がりの春日井の体温が高くて、竹内の腰に回された手を伝って熱を分け与えられているからなのか。

「え……っと、お酒は……」

飲まないのか、なんて今このタイミングで尋ねるなんてバカげている。

竹内は言葉を途中で止めた。

とくに飲みたいわけではないのだから、あらたまって着席したところでこの状況では会話は弾まなそうだし、どちらにしても困ってしまう。

春日井との距離を取るために、竹内はスマホから離した手を厚い胸に当てる。しかし押し返そうとしたら、腰に置かれた手に力を加えられて、二人の間に隙間がなくなる。

「飲みたい？」

春日井は竹内の耳もとで声を出した。

吐息と熱と低音が注がれ、竹内はぞくっとする。

「いえ、すごく飲みたいってわけではないんですけど」

竹内は逃げる姿勢を見せているものの、拒絶ではないからか、春日井は唇で竹内に触れた。

「あっ……」

不意打ちされて声が漏れてしまう。

竹内はとっさに手で口を塞いだ。

「俺もだよ」

春日井は猫みたいに鼻先を竹内の耳や首筋に擦《す》りつけた。

竹内を抱く腕の力がさらに強くなり、胸と胸が密着する。

緊張がピークに達し走ったあとのように脈が早打ちしている竹内の背中を、春日井の手がなだめるみたいにゆっくりとなでる。

春日井の体温や、普段竹内が使っているのとは違うシャンプーの香り。間近で感じているのに冷静でいられるわけがない。

たくましい胸の中で何度か深い呼吸を繰り返すうちに、竹内の気持ちが落ち着いてきたのか。それとも春日井もまた竹内と同様に少しは緊張しているのか。

二人の心臓のどきどきの音が重なって、どちらの音なのかわからなくなる。

春日井は竹内を抱いたまま足を進めてくる。竹内は逆らわず、押されるまま下がると、足がベッドにぶつかった。

それ以上進めなくなってもなお詰めてくるから、竹内のひざが折れた。

軽いキスは、竹内の耳から首筋を伝い、唇に到達する。ついばむような口づけのあと、春日井の舌が竹内の唇を割り、次第に深くなっていく。

ついさっきまでは押し返そうとしていた手は、気がつけば春日井のＴシャツをぎゅっと握りしめていた。

キスに夢中になっている間に部屋着は脱がされ、春日井もまた、竹内に握られてしわになっていたＴシャツを脱ぎ捨てていた。

春日井の舌が竹内の鎖骨をなぞり、胸を吸われて体がびくっと跳ねる。春日井のすること全部、ぞくぞくする。

「春日井さん、いろいろ、すっ飛ばしていませんか？」

「そうか？」

「そうですよ」

春日井を包む空気はいつも優しい。正直とか朗《ほが》らかといった言葉でもいい。そこに艶《つや》っぽさが加わって、知らなかった雄の香りがちらつき始める。

竹内が想像していたよりもずっと「男」だった。いや、春日井は竹内よりも十歳も年上だ。それによく考えてみれば社長なのだし、押しが強いぐらいでないと務まらないだろう。そういう意味では、春日井の本質を竹内が読み間違えていたのかもしれない。

春日井は手際がよくてあれよあれよという間にベッドに組み敷かれてしまったが、竹内にしてみたら、いきなりこんなことになるなんて信じられなかった。もう少し話をしたり一緒に出かけたりして、距離を縮めていくものではないのか？

「もうちょっとお互いを知ったりとか」

「ああ、そうだな。俺は竹内さんをもっと知りたいよ」

春日井は竹内の腰の骨に触れた。

「あっ！」

くすぐったくて身をよじった。

その反応に煽られたみたいに、春日井は竹内の肌をなで続ける。

「そ……ういう意味じゃなくて……」

「嫌か？」

両手で顔を隠す竹内に、春日井は尋ねた。

「嫌っていうんじゃなくて、は、……恥ずかしくて」

春日井を好きだと思う気持ちに嘘はないけれど、ひょっとしたら流されているだけなのかもしれない、と思ってしまう自分がいるのも事実だった。だって、さっき自覚したばかりなのだから。

性急な春日井に、竹内は戸惑いっぱなしだ。

「竹内さんには考える時間を与えないほうがよさそうだからな」

春日井の手が、腰骨から下腹に移動する。少し形を変えつつあったそれに指先が絡みつき、ゆるゆるとしごき始めた。

「好きだから全部ほしい。簡単だろう？」

「ん、んんっ」

竹内は目をぎゅっと閉じたまま春日井の問いに答えたつもりだったが、塞いでいる唇から漏れるのは返事なのか喘《あえ》ぎなのか、自分でもよくわからない。

春日井は自分とは違い、経験豊富な大人なのだ。きっと過去には、かつてネットで見たような綺麗な女性を何人も相手にしてきたのだろう。そんな春日井に自分の貧弱な体をさらすことに、どうしても羞恥《しゅうち》がぬぐえない。

恥ずかしくて目を逸らしていると、頭上から春日井の声が聞こえた。

「竹内さんの緊張が伝わってくるせいだと思うんだが、俺も、なにも知らない子供のようにドキドキしているんだ」

つぶやくような少し心細さを覚えるような春日井の声音を意外に思い、竹内は目を開ける。すると、じっとこちらを見下ろす春日井と目が合った。

その表情はいつもとは違い、どこか余裕がないように見えた。

春日井はどうしてしまったのだろう。

竹内の胸がトクンと高鳴る。

戸惑っているのは、お互いさまなのかもしれない。

そう思ったら体からすっと力が抜けて、自分を抱く春日井の腕から温かさがじんわりと伝わってくる。

「春日井さんも、そんな不安そうな表情するんですね」

「……幻滅した？」

どこか心配そうに聞かれ、思わず微笑がもれてしまう。

そんなわけないのに。

「いいえ。僕ももっと春日井さんのいろんな顔を見せてほしいです」

竹内は少しだけ体を起こして、春日井の顔を両手でそっと包み込む。

それを合図としたように、深い口付けが降ってくる。

追い上げていた春日井の手が離れて、竹内の両ひざを割る。すると興奮状態を隠せない性器が、春日井の目の前に晒されてしまう。

せめて電気が消えていれば、見られているという羞恥心が幾分軽減されるのではないか。そう考えた竹内は、春日井にお願いしてみようかと思った。しかし今さらなにを言っているのだという思いが頭をよぎる。ウブなふりを装っているみたいだし、男のくせになに言ってるんだかと思われてしまわないだろうか、とも考えてしまう。

天井のライトを見ながらあれこれ考えていたら、春日井の手が後ろに伸びてきた。

「……ぁっ」

たった今まで頭の中に浮かんでいた様々な思いは、一瞬で吹き飛んでしまった。意識のすべては春日井の手の動きに集中する。

中心部をぐっと押され、竹内は息を吞む。

キスをしたり肌を合わせたり、先ほどまで春日井が竹内にしていたみたいに性器に触れたり。ぐらいまでは竹内も想像していたのだが、それ以上を示唆されて体が固まる。

春日井が指を差し入れようとするも、スムーズにはいかなかった。

「……春日井さんっ」

恐怖が先に来て、竹内は掠れた声で春日井の名を呼んだ。

「すまない。少し焦ってしまっているな」

手慣れているはずの春日井のその言葉から、きっと男を相手にするのは初めてなのだろうということが伝わってきた。

普段は人の目に触れない場所から離れた春日井の手が、竹内の左ひざのうしろに回る。胸につくぐらい深く押し上げられて、一度隠れたそこを再び晒される。

「え……？」

春日井の顔が下腹部に落ちる。まさか、と思ったときにはすでに、固く結ばれている竹内の小さな窄まりに温かく濡れた舌が触れていた。

「ま、待って……！」

竹内は春日井の頭を押して抵抗した。

しかし唾液を送り込むかのように、春日井の舌は生き物のようにうねうねとうごめいている。

「や……めてください」

「でも、こうしないと竹内さんがつらいから」

春日井は優しく笑って、再び舌を這《は》わせる。

しない、という選択肢は、春日井の頭にはないらしい。

竹内は春日井の髪の毛をかき回して、何度もやめてほしいとお願いした。しかし春日井は、体が強ばり受け入れようとしないそこを、時間をかけて丁寧にこじ開けていく。

舌の先が入り込んできて、体の中をかき回す。唾液の音がくちゅくちゅするので、耳を塞ぎたかった。

「あ……っ」

恥ずかしいのに。怖いのに。

震える感情とは裏腹に、体の奥では確実に欲望が湧き起こっていた。

性器も硬くそそり立ち、先端から透明な液をたらたらとこぼしている。そんな自分の姿がまた、竹内の羞恥心に拍車をかけていった。

「んぁっ、あっ」

唾液をたっぷり絡ませた指が、舌よりもさらに奥深くを探ってくる。体に力が入ったり異物の侵入を拒んだりする間もなく、ぬるりと入り込んでくる。

「んっ、っく」

「つらくない？」

春日井が顔を覗き込んでくる。

痛みがあるわけではないし、体は別になんともない。

竹内は首を左右に振った。

しかし指で体の中をかき回され、圧迫感と慣れない異物感に唇をかむ。

「あっ！」

しかし、違和感が別の物にすり替わる瞬間があった。

体がびくっと跳ねたのを、春日井は見逃さない。

竹内の反応を見ながら、体の内側を指の腹で探っていく。

「っぁ、んんっ」

大きな声が出てしまう自分が恥ずかしくて唇をかむと、そうはさせまいと、春日井の唇に阻まれてしまう。

「んんっ」

唇の隙間から漏れる声は、聞き慣れない甘ったるさを帯びている。

指を引き抜かれるときに、腰がぞくりとうずいた。

そそり立った性器から先走りが絶え間なく溢れ続け、根元までぐしょぐしょだった。

自分の体じゃないみたいだ。

竹内は肩で荒い呼吸を繰り返す。

力が入らずシーツに投げ出された両足の間に春日井が体を割り入れ、重たいだろう足を抱える。

つい今まで指でかき回されていたそこに、春日井の昂《たかぶ》りが押し当てられた。

指とは確実に違う質量に、竹内はなにか本能的な危機感を察知して固まる。しかしそこはまるで迎え入れるみたいにひくひくと動いてしまう。

唾液のぬめりと竹内の誘う動きに促され、春日井が竹内を貫いた。

体ごと押し上げられるような力が加えられ、竹内は無意識に春日井の腕を強くつかんでいた。

「あ……、あっ」

「大丈夫？」

上から降ってきた声に、竹内は目を開けた。

まだ少し濡れている髪の毛が乱れていたが、それがかえって色っぽい。

仮に竹内が「大丈夫ではない」と訴えたとしても春日井はやめてはくれなさそうな、欲望が露な顔をしていた。

春日井のこんな顔、初めて見た。

まだ付き合いが浅いから、当然といえば当然なのだが、ベッドを共にするぐらい親しい相手でなければ見ることのできない素の部分なのだ。

体の中を埋められる感覚は慣れないし、竹内が必要だと思っていたあれこれをすっ飛ばしていきなり体を繋げている戸惑いもあるし、全然大丈夫ではない。しかし春日井の重みを体に受け、少し高めの温もりに包まれているこの状態は、そう簡単には得られない特別な時間だ。

春日井が好きだし、信頼できる人だし、これからもずっと一緒にいたいと思える人だからこそ、恥ずかしくてもこの身に受け入れられるのだ。

春日井がすべてを竹内の体内に納め、ふっと息を吐く。

「きついんだが。少し力を抜けるか？　すぐにイってしまいそうだ」

春日井は眉を下げ、竹内に言った。

本当なのかもしれないが、表情にはまだ余裕があるように感じた。

ガチガチに強ばっている竹内の気持ちを解きほぐそうとしているのだろう。

竹内は思い切りつかんでいた春日井の腕から手を外す。指の痕《あと》がついてしまっており、春日井はかなり痛かったはずだ。

反省の意味もあり、竹内はできるだけ体から力を抜く努力をする。二度三度と大きく呼吸を繰り返すと、それに合わせて春日井が沈めた腰を引いたり、再び突き立てたりし始めた。

「……っ」

春日井は同時に、二人の腹の間で揺れていた竹内の性器にも手を伸ばす。

「あっ、あっ、んんっ」

竹内のワントーン上がった声に煽られたみたいに、春日井がかぶりつくような口づけをしかけてきた。

キスをされて心が満たされるこの瞬間を、なんと呼ぶのだろう。

体内を貫かれる苦しさと、苦しさの間にちらちら見え隠れする心地よさと、最初は前者が勝っていた感覚が、ふとした瞬間に入れ替わった。

「春日井さんっ」

背をのけ反らせた竹内は、春日井の手の中で精を放った。

「ふっ、んっ……」

びくびくと震えながら吐き出す体液をすべて搾《しぼ》りだそうとするかのように、春日井はしごき続ける。

空いているほうの手は竹内の頬をなでた。

動きがいちいち優しくて、竹内は甘えるつもりで自らその手に顔をこすりつけた。

その様子を見た春日井は、ほっとしたような声を漏らす。

「不安な部分もあったんだが、よかった」

竹内が気持ちよさそうにしていて、ということなのだろうか。

春日井の言葉の裏側を感じ取ったが、自分の口でそれを伝えるのは恥ずかしかった。

竹内だって男だし、耐えられないほどつらければ跳ね飛ばすぐらいの力はあるのだ。本当に本気で嫌ならば、そうしているのだから、そこは察して欲しい。

「もう少し我慢できる？」

「我慢だなんて。そんなふうには感じてませんよ」

竹内が気持ちよくなったのだから、春日井にだって同じように感じてほしい。

竹内は春日井の首に腕を回し、自分のほうへ引き寄せる。上半身を落としてきた春日井の顔にはまだ欲望の色が残っていた。その表情を見せられただけで竹内はぞくっとして、体内の春日井を締めつけてしまう。

すると春日井が少し焦ったみたいな顔をして、竹内の胸に体重を預けた。

「……もう少し」

おそらく達しそうになったのを無事に堪えた春日井は、竹内の顔の横にひじをつき、ゆるゆると腰を動かし始めた。

引いたはずの熱が再び体の中に灯ったのを感じながら、竹内は春日井の背中を抱きしめた。

寝室で一緒に眠りたがった春日井に丁寧にお断りし、竹内は冬真と小春の眠っている和室に戻った。

初めての夜なのに、冷たいかな。

竹内はちらりと思った。

しかし夜中になにか起きてもすぐに対応できるように、竹内は冬真と小春のそばにいたい。とくに小春は寝相が悪いので、上掛けを剝《は》ぐたびに風邪をひかないよう掛け直す必要があるのだ。

二人の存在を思うと、春日井一人だけに意識を集中させられない。けれど春日井を蔑《ないがし》ろにするわけでもない。冬真と小春への思いは春日井に向ける愛情とはまた別の意味で竹内にとって大切なものなのだ。

「じゃあ俺もそっちで寝る」

春日井は冬真と小春への竹内の思いを受け入れてくれて、寝室の枕と上掛けを持って和室にやってきた。

小さな存在を守りたい、という竹内の気持ちを汲んでくれたことに感謝して、別の場面では竹内もまた春日井を尊重するつもりだ。

「布団は二組しかないけど、敷き詰めれば寝られるか？」

春日井は寝た子を起こさないようゆっくりと敷布団同士をくっつける。

「僕は畳の上に直接で大丈夫ですよ」

人並みに悩んだりはするけれど、繊細な人間ではないので問題なく眠れる。

「いくらなんでもそれではな。使ってない冬用の掛け布団をふたつに折れば、敷布団代わりになるだろう。畳よりマシだ」

「春日井さんてきっちりしてるのか適当なのかわからないですね」

身なりがきちっとしているし部屋もきれいなので、枕が変わったら眠れない人なのかと思ったら、意外とそうでもないらしい。竹内はまたひとつ春日井の新しい顔を知る。

体を重ねたからといって、二人の関係が劇的に変わるわけではない。けれど、こうして少しずつ新たな顔を見られたらうれしい。

「俺だって竹内さんが畳で寝るなんて言うとは思わなかったよ」

春日井は笑った。

竹内が春日井に対して感じたように、春日井もまた竹内の新たな一面を発見して、新鮮な気持ちになったのだろうか。春日井に、竹内をもっと知ってほしい。

ふたつ並べた敷布団の両端に簡易の敷布団を敷き、竹内と春日井は冬真と小春を挟むようにして横になる。電気は消したが、窓から入ってくる明かりが障子越しに入ってくるので、すぐに目は慣れた。

「下の名前で呼んでもいいか？」

春日井は急に思い出したみたいに言った。

「もちろんです」

「秋人」

不意に呼ばれてむずかゆくなる。

下の名前で呼ばれるなんていつぶりだろう。

春日井の声で「秋人」と呼ばれる名前は、自分のものなのに自分のものではないみたいだ。でも、それがなじむまで、何度も呼んでほしい。

「俺も名前で呼んでくれよ」

「照れくさいですね。……哲郎……さん」

「呼び捨てでいいのに。ついでに敬語もな」

「すぐには無理です。でも、できるだけ頑張ります」

竹内は春日井に、小春越しに手を伸ばした。その動きに気がついた春日井も同じようにして、手をつなぐ。

「来月、近所の神社で夏祭りをするんですよ。春日井さん、来ませんか？　お神輿を担《かつ》いだり、まあ普通のお祭りなんですけど。商店街としても参加するし、よかったらぜひ」

「祭りなんか連れていってもらった記憶がないからな。普通がよくわからないが、楽しみにしているよ。明日にでも日時や場所などの詳細を教えてくれないか」

「じゃあ忘れないように、あとでメールで日時とか送りますね。春日井さんが来てくれたら冬真も小春もよろこぶと思います。ありがとうございます」

お祭りに参加したことがないなんて、どんな幼少期を過ごしていたのだろう。

両親が忙しかった話を過去に聞いたことがあるので、致し方ないのかもしれない。そういう世界があると知らなければ知らないで生活するので、なんの問題もないのだろうけれど。でも、知ったらきっと楽しいはずだ。

竹内は春日井と、冬真と小春と、皆で幸せな時間を重ねていきたい。

「秋人といると楽しいな。こうやって、四人だけど、子供と川の字で眠れるし、祭りにも参加するきっかけができたし」

握られていた手に、ぎゅっと力が入る。

「先はまだ長いから、ゆっくり、春日井さんも色んなことを体験していけたらいいですね」

「俺とずっと一緒にいてくれるのか？」

竹内の「先は長い」という言葉がうれしかったのか、春日井の声は弾んでいた。

そのためにはまず、竹内は冬真と小春を無事に育て上げる。そこに春日井が加わったら、竹内も力強い。冬真と小春、そして竹内の人生も含めて、春日井とともに歩んでいきたい。

春日井が幼い頃に体験できなかったことを、冬真と小春と一緒に経験していく。逆に、春日井は、竹内が今までに経験してこなかった世界を見せてくれるだろう。

「そうなれたらいいな、って思っています」

そう伝えた竹内の言葉も、いつになく弾んでいた。

冬真と小春は目覚まし時計がなくても、朝六時半頃にはきっちり目覚める。竹内と春日井は高くて愛らしい声に起こされた。

気恥ずかしい朝を迎えてもじもじしてしまう竹内をよそに、冬真も小春も元気いっぱいだ。トイレだの着替えだの顔を洗うだの毎日の習慣どおり動くので、竹内は小春に付き添わざるを得ず、気がつけば日常の光景だった。

トーストとサラダやスクランブルエッグなど簡単なものを作って四人で食べる。食事中に、竹内は今日のスケジュールを伝えた。

「明日は学校や幼稚園があるので、午後三時頃にはここを出ようと思います」

「そんなに早く？」

春日井は少々驚いたような声を出す。

「子供の歩く速度に合わせて歩くと、結構時間かかるんですよね。たぶん家に着くのはなんだかんだで五時ぐらいになっちゃうと思うから、そこから夕飯の支度をして、って考えたら、このぐらいがいいかなって」

「じゃあ送っていこう」

「いえ、大丈夫ですよ。お気持ちだけで」

「かすがいさんとでんしゃにのるの？」

「いっしょにかえるの？」

竹内と春日井の会話を聞いていた二人が身を乗り出してくる。

冬真と小春は本当に春日井が大好きだ。

「雨が降ってるし、時間を使わせてしまいますけど、ご迷惑ではないですか？」

「全然。むしろ、一緒にいられる時間が長くなるから願ったり叶ったりだ。冬真くんも小春ちゃんもこう言ってることだし、ぜひ送らせてほしい」

「一緒に……」

「そう、一緒に」

春日井は意味ありげな眼差しを送ってくる。恋人にしか見せない表情なのだろうと思うと竹内は照れくさかった。


春日井の車にはチャイルドシートがないため、電車で帰った。歩く速度は遅いし、途中で急にトイレと言い出したりもするから、冬真と小春とのお出かけはちょっとした小旅行だ。

電車を降りたら雨はやんでいた。傘がなくなって身軽になった冬真は、浅い水たまりの中でわざとジャンプして水をまき散らしながら自宅に戻った。

店が閉まっているときは裏から入るのだが、せっかく春日井が送ってくれたので、コーヒーをごちそうしよう。

竹内は店のシャッターを頭の高さ程度まで上げた。

普段はジャズを流しているが、今日は無音だ。外は肌寒いが店の中は少しむしむししていたため、ドアを少しだけ開けて風を通し、シャッターを半分まで下ろした状態にしてある。雨音がBGMの代わりだ。

今は営業時間ではないから、竹内も春日井と一緒に店でコーヒーを飲もう。

竹内は二人分のコーヒーを淹れて、カウンターに並んで座った。

冬真と小春は春日井に散々遊んでもらって満足したのか、二階に上がって二人で遊んでいる。

「やっぱり秋人が淹れるコーヒーはおいしいな」

「ありがとうございます。そう言っていただけるのが一番うれしいんですよね」

竹内も大好きなコーヒーを飲む。今日は特別おいしく感じるのは、きっと隣に春日井がいるからだ。

「普段はあっち側にいるから、隣に座っている秋人が新鮮だ」

春日井はカウンターを指さしてから、竹内の腰に腕を回した。

びくっとしてしまったが、冬真や小春が同じ空間にいるわけではないし、朝から数時間、ようやく二人きりになれたのだから、少しぐらいはいいだろう。

竹内は大胆な気持ちになり、椅子を春日井の方にずらして肩に頭を乗せた。

「短期間で物事が大きく動いてびっくりしてるし、大丈夫なのかなって不安になることもあるけど、やっぱり最後には温かい気持ちが残るんですよね」

「それが幸せってことなのかもしれないな。俺も至らない部分があるが、秋人や冬真くん小春ちゃんのために努力は惜しみなくするつもりだ。よろしくな」

春日井は竹内の頭に頬を寄せる。

この先、二人がどうなっていくのかもわからない。けれどそれは竹内と春日井に限った話ではなく、親、兄弟、友人、恋人、どんな間柄でも同じことが言える。家族だからうまくいくけど他人だから無理、またはその逆もありえない。

竹内と春日井がお互いに相手を思いやる気持ちを忘れずにいられるなら、たとえ困難が待っていたとしても乗り越えていけるだろう。

「こちらこそ、どうぞ末永くよろしくお願いします」

竹内は顔を離し、春日井の目をしっかりと見て返事をした。

笑みが浮かんだ唇が近づいてくる。

竹内は春日井の意図に気づき、少しだけ顔を前に出した。春日井の吐息が顔に感じる距離まで近づいたとき——。

「お、お、お、おま……」

背後から声がして、驚いた竹内は跳ねるようにして振り返った。

「け、賢吾っ？」

賢吾は目を大きく見開いて、竹内と春日井を交互に見る。

ドアの鐘の音がしなかったから気づかなかった。

「な、なにしてんだよっ！」

「なに……、って、コーヒーを飲んで……」

竹内は苦し紛れの言い訳をする。

休日なのに店のドアが開いているし、シャッターは半分降りている。不思議に思っただろう賢吾は、おそらく中を覗いてからシャッターをくぐったはずだ。つまり、先ほどの竹内と春日井のやり取りを見られていないと思うほうが不自然な状況だ。

なんて説明をすればいいのだろう。

賢吾はほぼ間違いなく察したはずだ。仮にまだ半分ぐらい疑っている状態で、確認のために聞かれたとしたら、竹内はなんと答えればいいのだろう。嘘はつきたくないし、そもそもつけるほど竹内は器用ではないのだ。

慌てふためき椅子から降りようとする竹内を、春日井が制する。

「賢吾くん、だったかな。過去に何度か顔を合わせているから今さらだが、春日井だ。賢吾くんは秋人の大切な友人だと伺っている。どうぞよろしく」

春日井は竹内の腰を抱き寄せ、賢吾に言った。

「春日井さんっ？」

あいさつとしてはごく普通だったが、腰を抱くなんて、竹内と恋人であることを匂わせるには充分な行為だ。

「秋人って、なに呼び捨ててんだよ。よろしくって、なんで上から目線風？　秋人の保護者かよ？」

「保護者ではない。もっと親しい間柄だ」

さすがに竹内の了承を得ないまま恋人宣言はしないらしい。気づかいには感謝するが、一方で、賢吾を煽っているように感じてしまうので、竹内は二人の間に入った。

「ちょっといろいろと訳あって、春日井さんとは親しくなったんだ。土地開発の件はもう忘れて、普通に友達として考えてもらえたらうれしいな」

竹内がずっと春日井と付き合っていくならば、賢吾と会う機会も増えるだろう。その度に険悪だったら悲しいので、少しずつでいいから歩み寄って、できれば友達になってほしかった。

送っていこうとしたのだが、断られてしまった。けれどやはり心配なので、竹内は商店街を自宅方向に歩いていく賢吾の姿が消えるまで見送った。

「……賢吾、大丈夫かな。どうしちゃったんだろう。やっぱり僕には春日井さんと親しくしてほしくないのかな」

店に戻った竹内は、コーヒーを飲んでくつろいでいる春日井に相談する。

「それもあるだろうし、どっちかっていうと、秋人を取られた寂しさなんじゃないか」

「春日井さんと親しくなったって、賢吾との関係は変わらないですよ。本当にそう思われてしまったなら、ちゃんと誤解を解かないと」

本当に持ってくるのかわからないが、もしも賢吾が赤飯を持ってきたら、そのときはきちんと話をしよう。

「秋人って、本当に……、いや、なんでもない」

「なんですか？　途中でやめないでください。気になりますよ」

「いや、賢吾くんが不憫だなって思っただけさ。でも、俺は秋人のそういうところも好きだよ」

「真面目に……、んっ」

春日井は竹内の腕を引き、自分の胸に抱きとめると、奪うようにキスをしてきた。

「途中になってしまったからな」

唇を少し離して、春日井が言った。けれどすぐにまた塞がれてしまう。

「敵対心を抱いていた俺と幼なじみで大切な友人である秋人が急に仲良くなったから驚いたんだろう。家に帰って少し時間をおいたら、きっと賢吾くんの気持ちも落ち着くさ。赤飯を持ってきてくれるって言ったぐらいだから、大丈夫だと思う」

「だったらいいんだけど。でも、付き合いがほとんどない春日井さんが、どうして賢吾の気持ちがわかるんですか？」

竹内は気を取り直し、春日井の隣に腰を下ろした。

「そうだな、俺と彼には共通点があるからじゃないかな。すぐには無理かもしれないけど、彼とはわかり合える日がくると思うから見守っていてほしい」

「……そうですね。僕もすぐに打ち明ける勇気はないけど、やっぱりいつかは僕と春日井さんの関係についても知ってほしいなって気持ちはありますから」

春日井も竹内と同じ方向を見てくれているから力強かった。

賢吾は竹内の大切な友人だ。そして春日井は大切な恋人だ。形が違うとはいえ、竹内は二人とも大好きだから、叶うのであれば皆で仲良くしたい。

いつかここで、みんなでコーヒーを飲めたらいいな。

笑いが絶えない喫茶店。人々の憩いの場。ほっとひと息つけるような場所でありたい。

――賢吾がなんだか悟りきったような顔をして再び竹内の店にやってきたのは、それから一時間後のことだった。

あとがき

こんにちは。はじめまして。石原《いしはら》ひな子《こ》です。

この度は『お兄ちゃんの初体験』をお手に取ってくださいましてどうもありがとうございます。タイトルは担当さまがつけてくださいました。ありがとうございます。

主人公の竹内《たけうち》のお店は、東京のどこかにある街、という設定です。モデルは祖父母が住んでいる辺りで、実際に区画整理が行われた土地でもあって、ここ十年ぐらいの間にかなり様変わりしました。

十年以上訪れていなかった商店街に出向いたとき、自分が住んでいたわけではないので外の人間から見た印象になってしまうのですが、そこの人たちは明るくて人懐っこくてお話が好きで、温かかったんです。江戸っ子の気質ってひょっとしたらこういうのを言うのかな？　と思ったりもしました。

私は父が転勤族だったのと、最終的に住み着いた場所が新興住宅地だったので地元密着とは縁が薄く、自分が育った土地とは全然違う街があるというごく当たり前のことを、肌で感じるまでわかりませんでした。自覚したのはここ数年で、年を重ねると気づくことってありますね。

商店街の人たちから三、四十年ぐらい前の話を聞くのが楽しかったし、商店街で作った冊子などをいただいたりして、そういう楽しい触れ合いを経験して、この作品の舞台が作られました。

その街で育った竹内と冬真《とうま》と小春《こはる》は、明るくて素直な性格です。賢吾《けんご》もです。対立を描きたかったわけではないので仕事のシーンはさらっとしていますが、春日井《かすがい》はビジネスマンだし、独身と幼い二人を育てている竹内とは生活リズムだったり価値観だったりが全然違うので、二人にはお互いがお互いにギャップを感じたり、足りない部分を補ったりしていってほしいです。

素敵なイラストを描いてくださった北沢《きたざわ》きょう先生。どうもありがとうございました。しかしながら大変なご迷惑をおかけしてしまって、申し訳ございません。表紙の画像を担当さまからいただいて、うれしいやら申し訳ないやらです。子供が出てくるお話では、女の子の登場はゼロではないのですが少ないので、表紙にかわいい小春がいてほんわかしました。ほっぺたがかわいいです。冬真も元気な表情が愛らしいです。本当にどうもありがとうございました！

そして担当さまにも多大なるご迷惑をおかけしてしまって申し訳ございませんでした。担当さまの力がなかったらここまでたどり着けなかったと思います。あとがきを書けているのも担当さまのおかげです。どうもありがとうございました。

私事ではありますが、今年はデビュー十周年です。ここまで続けられたのも読んで下さる方がいるからです。読者の皆様どうもありがとうございます。

その記念となる年の一冊目に『お兄ちゃんの初体験』を出していただけて、本当にうれしく思っております。どうもありがとうございました！

またお会いできたらうれしいです。

平成二十七年初夏

別れさせ屋の純情《わかれさせやのじゅんじょう》

石原ひな子
イラスト：**青井 秋**

本体価格855円+税

便利屋の渉は、ある日依頼人から「息子の義弥と男の恋人を別れさせてほしい」という相談を受ける。依頼を引き受けた渉だが、義弥の恋人として現れたのは、かつて渉と付き合っていた清志郎だった。戸惑いつつも、仕事と割り切り二人を引き離そうとする渉。だが今も清志郎を忘れられない渉は、好きな人を騙すことに罪悪感を覚えはじめてしまう。そんな矢先、義弥の本当の恋人が清志郎ではない可能性が出てきて…。

リンクスロマンス大好評発売中

おとなの秘密《おとなのひみつ》

石原ひな子
イラスト：**北沢きょう**

本体価格855円+税

男らしい外見とは裏腹に温厚な性格の恩田は、職場で唯一の男性保育士として、日々奮闘していた。そんなある日、恩田は保育園に息子を預けに来た京野と出会う。はじめはクールな雰囲気の京野にどう接していいか分からなかったものの、男手ひとつで慣れない子育てを一生懸命やっている姿に惹かれていく恩田。そして、普段はクールな京野がふとした時に見せる笑顔に我慢が効かなくなった恩田は、思い余って告白してしまい!?

小説原稿募集

リンクスロマンスではオリジナル作品の原稿を随時募集いたします。

募集作品

リンクスロマンスの読者を対象にした商業誌未発表のオリジナル作品。
（商業誌未発表のオリジナル作品であれば、同人誌・サイト発表作も受付可）

募集要項

＜応募資格＞
年齢・性別・プロ・アマ問いません。

＜原稿枚数＞
４５文字×１７行（１枚）の縦書き原稿、２００枚以上２４０枚以内。
※印刷形式は自由。ただしＡ４用紙を使用のこと。
※手書き、感熱紙不可。
※原稿には必ずノンブル（通し番号）を入れてください。

＜応募上の注意＞
◆原稿の１枚目には、作品のタイトル、ペンネーム、住所、氏名、年齢、電話番号、メールアドレス、投稿（掲載）歴を添付してください。
◆２枚目には、作品のあらすじ（４００字～８００字程度）を添付してください。
◆未完の作品（続きものなど）、他誌との二重投稿作品は受付不可です。
◆原稿は返却いたしませんので、必要な方はコピー等の控えをお取りください。
◆１作品につき、ひとつの封筒でご応募ください。

＜採用のお知らせ＞
◆採用の場合のみ、原稿到着後６カ月以内に編集部よりご連絡いたします。
◆優れた作品は、リンクスロマンスより発行させていただきます。
原稿料は、当社既定の印税でのお支払いになります。
◆選考に関するお電話やメールでのお問い合わせはご遠慮ください。

宛先

〒151-0051
東京都渋谷区千駄ヶ谷４−９−７
株式会社　幻冬舎コミックス
「リンクスロマンス　小説原稿募集」係

この本を読んでの
ご意見・ご感想を
お寄せ下さい。

〒151-0051
東京都渋谷区千駄ヶ谷4-9-7
(株)幻冬舎コミックス　リンクス編集部
「石原《いしはら》ひな子《こ》先生」係／「北沢《きたざわ》きょう先生」係

リンクス ロマンス

お兄ちゃんの初体験

2015年5月31日　第1刷発行

著者……………石原《いしはら》ひな子《こ》
発行人…………伊藤嘉彦
発行元…………株式会社　幻冬舎コミックス
〒151-0051　東京都渋谷区千駄ヶ谷4-9-7
TEL 03-5411-6431（編集）
発売元…………株式会社　幻冬舎
〒151-0051　東京都渋谷区千駄ヶ谷4-9-7
TEL 03-5411-6222（営業）
振替00120-8-767643
印刷・製本所…株式会社　光邦
検印廃止

ISBN978-4-344-83429-3 C0293
Printed in Japan

幻冬舎コミックスホームページ　http://www.gentosha-comics.net